当代诗人自选诗

感情用事

朵渔 —— 著

《星星》历届年度诗歌奖获奖者书系

梁平 龚学敏 主编

四川文艺出版社

星星与诗歌的荣光

梁 平

《星星》作为新中国第一本诗刊，1957年1月1日创刊以来，时年即将进入一个花甲。在近60年的岁月里，《星星》见证了新中国新诗的发展和当代中国诗人的成长，以璀璨的光芒照耀了汉语诗歌崎岖而漫长的征程。

历史不会重演，但也不该忘记。就在创刊号出来之后，一首爱情诗《吻》招来非议，报纸上将这首诗定论为曾经在国统区流行的"桃花美人窝"的下流货色。过了几天，批判升级，矛头直指《星星》上刊发的流沙河的散文诗《草木篇》，火药味越来越浓。终于，随着反右运动的开展，《草木篇》受到大批判的浪潮从四川涌向了全国。在这场声势浩大的反右运动中，《星星》诗刊编辑部全军覆没，4个编辑——白航、石天河、白峡、流沙河全被划为右派，并且株连到四川文联、四川大学和成都、自贡、峨眉等地的一大批作家和诗人。1960年11月，《星星》被迫停刊。

1979年9月，当初蒙冤受难的《星星》诗刊和4名编辑全部改正。同年10月，《星星》复刊。臧克家先生为此专门写了《重现星光》一诗表达他的祝贺与祝福。在复刊词中，几乎所有的读者都记住了这几句话："天上有三颗星星，一颗是青春，一颗是爱情，一颗就是诗歌。"这朴素的表达里，依然深深地彰显着《星星》人在历经磨难后始终坚守的那一份诗歌的初心与情怀，那是一种永恒的温暖。

时间进入20世纪80年代，那是汉语新诗最为辉煌的时期。《星星》诗刊是这段诗歌辉煌史的推动者、缔造者和见证者。1986年12月，在成都举办为期7天的"星星诗歌节"，评选出10位"我最喜欢的中青年诗人"，北岛、顾城、舒婷等人当选。狂热的观众把会场的门窗都挤破了，许多未能挤进会场的观众，仍然站在外面的寒风中倾听。观众簇拥着，推搡着，向诗人们"围追堵截"，索取签名。有一次舒婷就被围堵得离不开会场，最后由警察开道，才得以顺利突围。毫不夸张地说，那时候优秀诗人们所受到的热捧程度丝毫不亚于今天的任何当红明星。据当年的亲历者叶延滨介绍，在那次诗歌节上叶文福最受欢迎，文工团出身的他一出场就模仿马雅可夫斯基的戏剧化动作，甩掉大衣，举起话筒，以极富煽动性的话语进行演讲和朗诵，赢得阵阵欢呼。热情的观众在后来把他堵住了，弄得他一身的眼泪、口红和鼻涕……那是一段风起云涌的诗歌岁月，《星星》也因为这段特别的历史而增添别样的荣光。

成都市布后街2号、成都市红星路二段85号，这两个地址已经默记在中国诗人的心底。直到现在，依然有无数怀揣诗歌梦想的年轻人来到《星星》诗刊编辑部，朝圣他们心中的精神殿堂。很多时候，整个编辑部的上午时光，都会被来访的读者和作者所占据。曾担任《星星》副主编的陈犀先生在弥留之际只留下一句话："告诉写诗的朋友，我再也不能给他们写信了！"另一位默默无闻的《星星》诗刊编辑曾参明，尚未年老，就被尊称为"曾婆婆"，这其中的寓意不言自明。她热忱地接待访客，慷慨地帮助作者，细致地为读者回信，详细地归纳所有来稿者的档案，以一位编辑的职业操守和良知，仿佛春风化雨，润物无声地温暖着每一个《星星》的读者和作者。

进入21世纪以后，《星星》诗刊与都江堰、杜甫草堂、武侯祠一道被提名为成都的文化标志。2002年8月，《星星》推出下半月刊，着力于推介青年诗人和网络诗歌。2007年1月，《星星》下半月刊改为诗歌理论刊，成为全国首家诗歌理论期刊。2013年，《星星》又推出了下旬刊散文诗刊。由此，《星星》诗刊集诗歌原创、诗歌理论、散文诗于一体，相互补充，相得益彰，成为全国种类最齐全、类型最丰富的诗歌舰队。2003年、2005年，《星星》诗刊蝉联第二届、第三届由中宣部、国家新闻出版总署、国家科技部颁发的国家期刊奖。陕西一位读者在给《星星》编辑部的一封信中写道："直到现在，无论你走到任何一个城市，只要一提起《星星》，你都可以找到自己的朋友。"

2007年始，《星星》诗刊开设了年度诗歌奖，这是令中国诗坛瞩目、中国诗人期待的一个奖项。2007年，获奖诗人：叶文福、卢卫平、郁颜。2008年，获奖诗人：韩作荣、林雪、茱萸。2009年，获奖诗人：路也、人邻、易翔。2010年，获奖诗人、诗评家：大解、张清华、聂权。2011年，获奖诗人、诗评家：阳飏、罗振亚、谢小青。2012年，获奖诗人、诗评家：朵渔、霍俊明、余幼幼。2013年，获奖诗人、诗评家：华万里、陈超、徐钺。2014年，获奖诗人、诗评家：王小妮、张德明、戴潍娜。2015年，获奖诗人：臧棣、程川、周庆荣。这些名字中有诗坛宿将，有诗歌评论家，也有一批年轻的80后、90后诗人，他们都无愧是中国诗坛的佼佼者。

感谢四川文艺出版社在诗集、诗歌评论集出版极其困难的环境下，策划陆续将每年获奖诗人、诗歌评论家作品，作为"《星星》历届年度诗歌奖获奖者书系"整体结集出版，这对于中国诗坛无疑是一件功德无量的举措。这套书系即将付梓，我也离开了《星星》主编的岗位，但是长相厮守15年，初心不改，离不开诗歌。我期待这套书系受到广大读者的青睐，也期待《星星》与成都文理学院共同打造的这个品牌传承薪火，让诗歌的星星之火，在祖国大地上燎原。

2016年6月14日于成都

目录

辑二　最后的黑暗（2009–2012）

辑三　危险的中年（2013-2015）

辑四　民国镜铨（2012）

辑五　灰发证人（2013）

| 辑一 | 追蝴蝶（1998-2008）

高原上

当狮子抖动全身的月光，漫步在
黄叶枯草间，我的泪流下来。并不是感动
而是一种深深的惊恐
来自那个高度，那辉煌的色彩，忧郁的眼神
和孤傲的心。

河流的终点

我关心的不是每一条河流
她们的初潮、涨潮，她们的出身、家谱
我关心的不是她们身形的胖瘦，她们
长满了栗子树的两岸
我不关心有几座水泥桥跨越了她们的
身体，我不关心她们胃里的鱼虾的命运

我关心的不是河流的冰期、汛期
她们肯定都有自己的安排
我关心的不是她们曾吞没了几个戏水的顽童
和投河而去的村妇
她们容纳了多少生活的泥沙
这些，我不要关心。

我关心的是河流的终点。她们
就这么流啊流啊，总有一个地方接纳了
她们疲惫的身躯，总有一个合适的理由
劝慰了她们艰难的旅程。比如我记忆里的

一条河流，她流到我的故乡时
已老态龙钟，在宽大的河床面前
进进退退，欲走
还休。

暗　街

天黑下来之前我看到

成片的落叶和灰鼠的天堂

以及不大的微光，落在啤酒桌上

天黑之后雨下得更加独立，啤酒

淹没晃动的人形

和，随车灯离去的姑娘

在这个时辰幸福不请自来

在这个时辰称兄道弟说明一切

我来这里

不是寻找一种叫悲伤的力量

而是令悲伤无法企及的绝望

野榛果

在越省公路的背后，榛子丛中
我双手环抱　她薄薄的胸脯
一阵颤抖后，篮子扔到地上，野榛果
像她的小乳房纷纷滚落

她毛发稀少，水分充足
像刚刚钻出草坪的蘑菇
我将软软的阴茎放在她的腿间
她诡秘地笑，四周花香寂静

在采榛子的年龄，我们都乐于尝试
这小兽般的冲动，而快感却像
地上的干果，滚来滚去
坚硬但不可把握

普遍的土和大片的沙

普遍的土和大片的沙

干净的笑和简单的心

仅有的一只鸟，和少量的几个人

王位可能缘自一杯酒

早上骑驴西去，晚上

买回一名女奴

年轻的女奴苏玛洛

具有美丽的笑脸和漂亮的阴部

笨拙的主人阿拉丁

在国王的床上学习房中术

单纯的爱和干燥的家

穷人的性和富人的马

有人的生活从埃及开始

有人正朝着埃及进发

我梦见犀牛

在一片雷声中，我没有

梦见黄金，而是犀牛

一头非洲犀，挺着硕大的

阳具，在一块巨石上狂舞

多肉的下颚颤动不已

绿色的汁液涂抹着天空

石头并未因此而开裂

我也没有因此获得飞翔

发出尖叫的，是黑夜的女人

她挥舞着冰冷的手臂，在梦中

张开了双腿

我摸着她多毛的下体，想起

那在做爱中度过的每一刻是多么奇特

那被黑犀操过的母犀是多么风光

黑犀传

总之是没兴趣，因过于巨大

它伤心透顶，不想说话。

有人对它吹口哨，它头也不抬

不屑于重量，以及腰身

不屑于一小块软骨的智慧

有人冲它喊：该减减肥啦！它理都不理

何况是你，过路的天使，浑身诗歌的

鸟雀们，你还要我如何不屑！

它不走，因此永不走投无路。

它浑浊，因此永不如鱼得水。

它沮丧，但不咳嗽；它迟缓，不屑于速度；它老子，时而

　庄子；

它庄子时，貌似一个巨大的思想。

它有一条积极的尾巴，但时常被悲哀收紧；

它有一双扁平足，但不用来奔跑。

这河谷之王，思想的厚皮囊，它有时连头都不抬，

它不抬头，你就看不到它悲哀的眼泪可以用来哭泣。

令人满意的

微凉的秋风中一件亚麻的布衫
在去邮局的路上听到鸟鸣

下午的沉睡中脸上的一抹阴影
鸟儿的羽毛覆盖着一层六点钟的阳光

沉默的木匠看上一棵笔直的松树
斧子在他的手中兴奋地舞蹈

伸出手去碰碎羞涩的笑容
转过两个街角，终于找到要找的人

在镇上和我一起喝酒长大的朋友
如今生有两儿一女，老婆闲置在家

《物质生活》，174页，一种令人
满意的厚度，以及她低纬度的裙子

和小男孩一样的平胸，“对你们说什么好呢，那时我才十五岁半。”

民国一日

颉刚来，把他买的《汪梅村集》

和《唐氏遗书》送给我看。

云五来谈，甚久。

狄楚青邀吃午饭。

饭后到自新医院看惕予夫人。

访铁如，他后日由海道北上。

路遇寅初，略谈。访独秀夫人，不遇。

——以上摘自《胡适的日记》1921·8·28

然后将臀部对着阳光

打开的脑垂体对着阳光

绿线绳上的内衣对着阳光

双手湿润，读一封

寄自菲律宾的来信：

"生活自然是很琐屑的，正常

而卑下，像沃克小镇的自由市场。"

此刻窗外的积雪猜不透室内的心情

繁忙猜不透琐碎

老灵魂猜不透新青年

我的杯子里盛满了隔夜茶。

日全食

医生走后，我决定爬起来

多日以来的肠炎，让我虚弱不堪

庭院清凉，穿过槐花的光线

像一阵小雨落下

一群鸡雏在柴草间追逐

几乎全部的家畜都出门了

只有我父亲，赤裸着上身

在院子里挖土，一趟趟地

往田里运肥

汗水掉到粪堆里，焦躁挂在嘴角

和他面对，真是一种罪过。

他不行了，白发覆盖了他

不再似当年，连夜往安徽贩大米

把发情的小母牛按倒在田埂上

他将铁锹扔向井台

拉开了栅栏门，在他身后

是一大片的田野和极少数的鸟群

整个村庄都保持着沉默

只有很小的阴影跟着他

那是谁投下的目光呢？

我抬头望天

一轮黑太阳，清脆、锋利

逼迫我流下泪水

她有美丽的骨头……

她有美丽的骨头，一小块隆起的肉
她有眉间痣，手心里有个和尚

她有一耳朵诡计，一嘴巴坏笑话
她刚才站立的地方，叫地铁前站

那棵树下，阳光倾泻
一片灿烂，有人轻轻喊出她的名字

非常爱

我爱这个女孩

一小块一小块地爱

她太小了，张开双臂就能飞

她太美了

我找不到她确切的肉体

我们在做爱中相熟相知

在接近中寻找合适的距离

有一天当我离去

她的身体突发了雪崩

其中的一小块，当着我的面

被斜斜地切下

那是作为情感生活的

肉瘤。

论肉体之轻

两个疯狂做爱的人，在彼此的体内
待久了，就会陷入对方的厌倦里
眼看着悲哀从空气中升起
像两只失望的鹰
相互仇视，却无可给予

论伊拉斯谟

谁能激怒这个人呢，当他不再担心

生与死，得与失？

那个叫路德的青年刚刚离去，卖盐的人

送还被摔破的盐罐

他拉上冬天厚厚的窗帘，坐在窗下读经

我被他缓慢的身影打动了

依我看来，他没有把自己变成一尊自相矛盾的神

而是表达着一种宽广与和解的人生态度

从窗口走过一只猫

多少时光逝去

多少盗贼得逞

多少苍茫的心事烂在山中

有一扇窗我至今未开

有一件事我至今记得

那天阳光明媚，我还喝了点酒，躺在一片不知名的土地上，

　　缓缓地睡去。

秋　雨

帘外的雨从早晨落到了黄昏。

我像一只老鸟，读书礼佛

整理湿淋淋的羽毛

藤椅里的人形迎合着肉体

一种骨折的声音不断传来。

夏天过去后，慵懒得

够可以的了

风吹前额，失败的乐趣盖过了头顶

而要等的女孩正要敲门

——白纱衣，初中生

让一个中年人辅导近代史

刺 青

一八四八年秋天，易北河的霜冻

开始弥漫，一个叫巴枯宁的青年

突然宣布　爱上了全世界

他热衷于短途旅行，穿梭在

平静的大师和哮喘发作的天才之间

像一只收集病菌的老鼠

播种革命的火种，掉弄灵巧的概念

将王宫搞得惴惴不安

他兴奋，他战栗，他表皮敏感

自恋得发狂，自画像就画了四五张

在莫斯科，他尽情施为，将平和的学生

感染成时代的异端

他与友人为敌，让温柔的部分心烦

在身边的朋友　就要失去的时候

他才露出天真的鼠牙

他有一颗精确的心脏，亲自测量过

十九世纪的海床。他聪明自持

以偏激为尚，是个不可靠的向导

别林斯基死后，他就是老大了

那个短命的天才，死在警察动手之前

与大师同道，难免走乱步调

现在，他终于可以独步街头，悄悄露出

左臂上的徽章。这肉体上的印痕

是他最后的一招，革命者星散了

他开始靠近火炉，以喝茶开始，以做爱结束

鼻孔里飘出烤肉的味道

有一次他偶然瞥瞥窗外，大雪飘飞

世界被草率地遮盖，铸铁的街灯下

站着两个耳语者，他听说他们都还活着

屠格涅夫　和赫尔岑

但他希望这不是真的

肥大的

如此迅速，仿佛扯下一片黑暗

她在暖冬的窗前

脱下餐具般的外衣

多年不见，将她解开已非易事

硕大的形状让我吃力

但这只是其中的一部分

更深的真相藏在内衣里

那一天，我们迅速地拥抱

迅速地性交，迅速地达到高潮

如此迅速，仿佛十年来

早该如此，而不是等到变老

如此疯狂，她甚至不需要一个

恢复期

窗外凋零，那是季节发生的秘密变化

相对无言，只是灵魂从孤独中离去

而不是肉体流下了泪水

耳轮——写给我的儿子

大雪停住了。我们踩着冰

从幼稚园回家

黄昏来得早，我的儿子

在他四岁的年龄，已经可以理解

融雪的概念

一前一后，碎裂的声音

在追逐中被遮掩，几乎听不见

仿佛生活不曾发生变化

那幼小的身躯，是离我最近的倒影

他前程远大，而我已到了

可以体味风俗的年龄

就在下雪时，我还关在家中

把音乐打开，将生命精确到

每一个时辰，让衰老的时钟

突然间窒息

像那雪中的景物，被清晰

冻结

猛禽飞过城市的上空······ ——给浩波

它静止不动
是一切噪音之上的一种宁静的蓝

当它展翅飞翔，便带走了一切重量
使一面墙也变成了汹涌的海

看到这尘世罕见之美，那些鸽子不免
尖叫起来。它们将考虑重新生活

我是地下室弯腰驼背的囚徒
鹰的黑暗的投影从我身上轻轻掠过

我的双腿卑微如鼠，我的心
往左边动了又动

京津道上

像是黑人回到非洲，我乘上火车去看你们
回来时带着醉意，却忘记将孤独留下。
归程进入冬眠，胜过醉生梦死
疾风驰过旷野，将温情的鸟巢冻僵
仿佛赤裸的狗心，重获平静已非易事。
哎，多年来，当我独坐窗前
想起那一次次返回——

　　天才当道，我终未将自己的才华放弃。

　　我的朋友不多，彼此视若兄弟。

雨前书

雨从南面转过来，下了一阵

又走了，去了渤海、日本、大连湾

我坐在一个小小的阳台上，抚弄着肚皮

像一只井蛙，用卑微的内心，见证着昏暗的天空

和低飞的鸟群

用盛大的怜悯，默念着非洲的青山

和黑暗的约旦河

黑暗传

我曾在黑暗里写下：
鬼，你出来吧
不要藏在我身后
做鬼脸

于是它大摇大摆地走出来
带着标语、口号、邻居和警察
同时扯下一片光明

读 《辋川集》

身体在清风中虚胖，皮肤

泛着银光，一抓

一把纸空气，像小小的烟灰

我的朋友

在陕南玩鸽子……

如此年轻

就想隐居起来，毕竟不是

好事情

赶紧戴上面孔，上街

听市声，读晚报

买二斤栗子回家

玻璃上的雨

一阵小风之后
窗帘微微吹起

雨落在屋瓦上
雨落在自行车上
雨落在夜里

那滞留于玻璃上的雨滴
像一群飞蛾
被台灯照亮

我看见孤魂一闪
一张美丽的脸
她在我身后
仿佛已多年

雨季开始了。

火车：给小尹

脚下的那列火车

呼啸着开过去

它走了

而我们还站在原地，佛在塔里，鬼在坟里

小尹，你在想什么？

我想，只有这种方式可以让我们远离羞愧和沮丧

开过去

像一列火车那样

它走了，留下空寂

2004年夏天的无题诗——给老金

驱车驶过港湾，在一片
堆满废铁的滩涂地，我们终于看到了海——
疲劳，遥远，一群人从白雾中走开

他离去时，带走了伙伴们灯芯绒般的心
当他归来，仿佛浑身是铁
——此事也可暂且不提。

与某人坐谈一下午

他说，贫穷没什么不可以，

现在只是到处走走，不想做什么事情

他说，五十岁以后就回到乡下，盖几栋房子，娶一个小妻

他说着还打了个比喻，就像

地主一样，让一种孤立的自由成为可能

这时候，一道金色的光芒被玻璃分开

奇异的喜悦在黄昏里生成，但没有发作

成功的失败者怀抱着相似的梦想——

尚有十年可期，尚有半生虚度。

妈妈，你来救救我……

风将门打开，又合上，夜雨

在路灯下飘洒，带来秋凉

世界在雨中打着哈欠，而我

却越睡越清醒

起来，给老妈打个电话

她说，院子里的鸟巢落了一地……

儿子的梦呓，带来生活的压力

临近中年，前程在折磨我

能够放弃的已经不多，能够得到的

均是未知。昨夜的一次占卜

也在瞬间变得暧昧

如这场大雨，模糊了玻璃，看不清

里面的白，外面的黑

妈妈，你听到那知了的叫声了吗？

那么急迫，像是一场崩溃……

乡村史

德宗三年，英军行于沪宁道上

湘乡薨，举人们忙于作挽联

王二忙于在小亚麻布衫里捉虱子……

……那秋日的雨，一直下到今天

一拨又一拨的愁云，仿佛秋天的心

风物冰凉，小流氓也感到无聊

庄稼慵懒地长着，麦子躺在瓮里

张家的门紧闭，李家的狗

学会了沉思

一些人在廊下支起桌子，打牌

其中就有我死去多年的爷爷

闲暇贴在睫毛上，鞋子逸出了脚面

有人打太极摇扇子

有人读论语说废话

有人登高有人纳妾有人偷欢

偷到了心烦。还没到时间

还没到结党营社读水浒的时间

还没到磨刀自渎写密信的时间

还没到张灯佩剑孤独自饮的时间

还没到时间，雨水泡在雨水中

村长泡在寡妇家

粮食还在，灯绳还在，裤脚上的泥泞还在

民国远去了，还没到

重写的时间

"不要被你低水平的对手扼住……"

不与小人为敌。事实上，我喂养他们

以绿叶、笑脸和洗净的心

我从敌意里吸取力量，小小的敌意

存在于小小的心脏，在一个无聊的时代

像一段小夜曲，出入风议

非但令我不快，事实上

还带给我无穷的消遣。

夏虫不可以语冰，小敌意

不可言及大信仰。我在等待

那存在于空气中的敌人，它之大

笼罩了大地，每一次呼吸

都能体会到耻辱，直到有一天

我从那庞大的黑雾里抽身出来

一个敌人的形象才凸现。

我站在一堆偏见之上，一堆庸俗的

枯骨之上，才将它看清——一团

巨大的黑暗，在一个方向上生成

像雾，带着怦怦跳动的心

它没有脸，周身布满了

幻听的耳朵，同时还带来

窃窃私语的革命者，在咖啡馆的

雅座上，沾染着麻醉剂的气息

笔杆摇落之间，如街头巷议一般……

不，这不是真的

革命来自远方，深处，底层，那一群

不要命的穷光蛋，听说　他们才是

期待已久的敌人。

德 安

一位陌生的朋友

给我寄来一封信

他说，很久未去

德安山中的小屋了，但听说

他刚作出了一批新的漆画

德安，哦，一个

从未谋面的诗人

住在遥远的山里

做一种无关心灵的

手艺，这有些失真

去年

冬天，在北京街头，听说

德安刚刚离去，从纽约

到福建。我请老金

转达我对此人的

敬意

因为，两个害羞的人

互相找不见

两个骄傲的人

老死不相往来

无　题

一群人从窗口走来走去，我

不为所动。抽烟，咳嗽，发呆

将一本打开的书重新合上

几次发现道理无处可寻

几次发现问题没有答案

几次想起死者的脸

几次听到告别的声音

再也写不出轻巧的诗了，除了爱；

再也写不出沉痛的诗了，除了恨。

无　题

烟灰吱吱燃烧。我想要的大力
隐藏在它废墟的体内

用最原始的爱，对抗生活里的毒
用树皮，使劲抽打一棵树。

将军们在叫嚣：牺牲掉东部十二省！
一支溃散的军队——来自北方庄严的鸟巢

广阔的大省敞开她肮脏的内脏
内陆河押运着寒冰：凹陷中的一丝柔和

我想起家乡的冷和碎，土坟一座连着一座
死亡的意思是：就让一切推倒重来。

在帝国的边境，出逃意味着返回
不断返回说明尚有一个母亲可以践踏

践踏呵，践踏，那嘴角上的敌意

有我们黑暗的精神。

在这里

在这里，一年嫁接着一年

我独自待着，并假定

那一床的书对应着道路

那措置的竹子

对应着思想，这一切

很重要，仿佛孤单对应着最终的人群

仿佛四边形支撑着我的墙壁

窗外，像一个目击者在呼喊

这些油焖的大虾，残酷的断臂

这繁华的道路，每日每夜

在你眼前寂寞地展开……

我庆幸，我依然能够

触摸这个世界，隔着玻璃

并拥有片刻的动容。

婆　姨

一只纠缠不休的马蝇
为的是不让马休息

小巷中的辩论者苏格拉底
为的是不让雅典城休息

她在爱中要求被爱
为的是不让婚姻休息

"哦，克里托，叫人来
把这些女人弄走！"
苏格拉底最后说

她们大喊大叫，为的是
扰乱这个思想者落日时分的宁静

别理会那些坏蛋……

春风提着雨水的刀子
四处寻找冬天的仇人

不要被他的忌恨激怒
不要试图去制定一部法律

树林为一只鸟巢聚拢起来
集体不过是一堆垃圾

信仰曾是非信仰，凡·高被逼死时
他们在纸牌中寻找命运的游戏

此　地

票友们的尖叫掠过剧场

小小的曲艺培养出三寸长舌

每当我试图与一棵树

扎下根来

总有盛满清水的酒杯投来阴影

居民的笑声来自一捧一逗之间

此地不可名状。

我常想起那些南方的梧桐

高大的树冠翻卷着火焰

济南市，广州城——

我独来独往。

诗人在什么情况下大于知识分子

大片的雪追上他，他转身：

一张空白的脸，笑

不再拒绝，他在雪光中

领取公共食堂的晚餐

我只有将心跳的音量

调小，往呼吸里掺点冰

往思想里加点忧郁

那同行者的狐步

已消失在大众的围栏

路，因此也可称作

无路

仿佛周树人也可以是周作人

仿佛先锋也可以是倒立

1895年，保罗·魏尔伦可以去死了

保罗·魏尔伦，以他

一生的酒，混乱的性

他的兰波，他细小的阴茎

终于活成了 一个老混蛋。

就目前而言，一切都

无所谓了，健康已经离去

桂冠已经腐朽

十个墓穴等着他，十个天使

洗净了屁眼

他可以去死了，正如

老友所言，他已从贫贱之物中

淘得黄金，他承担起了

一个梦想家的

全部厄运。

袁子才好色说

说的是

明清之际，再加一点

魏晋宋元。士大夫们

忙于语病，被帝国辞退的诗人

忙于聚书归隐

陈酒加雪，小楼寒梅，茶壶里

是煮沸的中年

戒得了官却

戒不了色，袖中藏着

一枚月亮，怀里藏着

一个小娇

寅时的乳房

午时的蜜

钱塘苏小是乡亲

徐州小陶，江干张郎

美人下陈，殆不止十二金钗

然繁华人有

寂寞事，粉黛成行

谁能解语？花团锦簇之中

唯有伶俜一人

而已。

最近在干什么——答问

最近在思考。呵呵，有时候也思考
这思考本身。而这正是悲哀的
源头，也就是说，我常常迷失于
自设的棋局

有时想停下来，将这纷杂的思绪
灌注进一行诗，只需一行
轻轻道出——正是这最终之物
诱惑我为之不停奔赴。

睡眠多么艰难

睡眠多么艰难，啊

穷人何等冷漠

孤立得太过投入

生涯在苍茫中变老

是啊如果睡眠能够解开绳索

何不将衰弱的事物拥怀入抱

如果思想的快感来自堕落

何不将旧友推上斜坡

我的南方朋友

你在温水里的表情多像哀愁

我在风沙中露出的鱼眼

来自大海才有的风暴

是谁赐给我粮食，让我苟活于人世

午睡过久，等于没睡

冬天来得太晚，我有些脚不着地

抬头看天，乌鸦一片

夕阳的教育无非是安静，安静

那在历史的酸雾中消失的先生

馈赠我坚硬的骨殖

那在墨水里浸泡的美德

如今也浸泡着我的心

窗台上挂着一双旧鞋子

那是去年山中的一段传奇

此地的银子在土里闪光

我弯腰，捡起一枚冬天的落叶

时代的扳道工，将一路高歌的兄弟送上迷途

他笔触停止处，我开始前进

我和国家只隔着一个小孔

在相互窥望中增加彼此的敌意

没有悲哀的，便没有胜利

所谓中流砥柱，无非就是停下

一年来，手被笔统治，笔被沉默管辖

是谁赐给我粮食，让我苟活于人世……

父亲和母亲

父亲在焦躁中
喂他的羊。那头羊彻底把他
惹怒了，他敏捷地跳着
用一根长竹竿
把羊往死里打

多么暴躁的一个人呀，在乡村
这简直就是一个奇迹。
有一天我看到，他狂奔着
在与一只乌鸦怄气

如果他有什么不如意，我肯定就是那
不如意中的一个。

母亲在从容地与邻居
讨论一匹布料，从容地
等待母鸡下蛋
从容地准备雨后的晚餐

多么缓慢的一个人呀，在乡村

这简直就是一个奇迹。

有一天，我看见她在为神庙忙碌

孩子们不在身边，她的虔诚更加一分

我想我会两次属于她：一次是出生，

一次是入死。

妈妈，您别难过

秋天了，妈妈

忙于收获。电话里

问我是否找到了工作

我说没有，我还待在家里

我不知道除此之外

还能做些什么

所有的工作，看上去都略带耻辱

所有的职业，看上去都像一个帮凶

妈妈，我回不去了，您别难过

我开始与人为敌，您别难过

我有过一段羞耻的经历，您别难过

他们打我，骂我，让我吞下

体制的碎玻璃，妈妈，您别难过

我看到小丑的脚步踏过尸体，您别难过

他们满腹坏心思在开会，您别难过

我在风中等那送炭的人来

您别难过，妈妈，我终将离开这里

您别难过，我像一头迷路的驴子

数年之后才想起回家

您难过了吗?

我知道,他们撕碎您的花衣裳

将耻辱挂在墙上,您难过了

他们打碎了我的鼻子,让我吃土

您难过了

您还难过吗? 当我不再回头

妈妈,我不再乞怜、求饶

我受苦,我爱,我用您赋予我的良心

说话,妈妈,您高兴吗?

我写了那么多字,您

高兴吗? 我写了那么多诗

您却大字不识,我真难过

这首诗,要等您闲下来,我

读给您听

就像当年,外面下着雨

您从织布机上停下来

问我:读到第几课了?

我读到了最后一课,妈妈

我,已从那所学校毕业。

委 屈

某年，父亲在挖树时

砸伤了腰

我连夜赶回，他

躺在小床上，动弹不得

母亲站立一旁

为他乌黑的双脚

涂药

我替他挖掉

剩余的树根，帮他的庄稼

浇水、施肥

回城前的晚上，把

剩余的钱交给母亲

让她留着慢慢使用

当时鸡已上架，月亮

也不好

一家人安静地喝汤

沉默中，渐渐传来

父亲的啜泣

这么多年来，他还是

第一次在儿子面前

流泪，那种委屈呵

简直不像个父亲

自 省

我似乎已到中年，影子短暂

肉体抽象，一纸一木

皆是教导。郑重地给朋友写信

向父母请安，数着盐粒过日子

想想，还有多少未竟之事

在身体里晃荡：为人谋而不忠乎？

与朋友交而不信乎？传而不习乎？

想当年，这小女子爱上我，大概

也不是因为我的贫困吧

我必须从墨水里捞心，给

金色的她，木质的她，一个承诺

还有绵绵细雨中的小子，当我

独自奔向呜咽的自由，他是我

尘世唯一的面孔。那远在

乡间的父母，我还要为他们

建一所房子，用砖头、木头、宽恕

和落日，这是必须的，作为儿子。

雨夹雪

黄昏之后，雨势减弱
小雪粒相携而下

雨夹雪，是一种爱
当它们落地，汇成生活的薄冰

坐在灯下，看风将落叶带走
心随之而去

铸铁的围栏，一张陌生的脸，沉默着
将一点悲愁的火焰掐灭

雨夹雪的夜，一个陷入阴暗的梦境
一个在白水银里失眠

聚　集

冬雨聚集起全部的泪
湿漉漉的落叶犹如黑色的纸钱

一个男人在上坡，他竖起的肩膀
聚集起全部的隐忍

松针间的鸟，聚集起全部的灰
雨丝如飘发，聚集成一张美丽的脸

我站在窗前，看那玻璃上的水滴
聚集成悲伤的海

什么样的悲伤会聚集成力
取决于你的爱

童年虚构

大街拥挤的年代，我们
出生。童年被举上树
母爱是倒影
修改一新的户口簿
夹着一枚孤儿的奶瓶

五折的月光，七折的鱼
叛逆来自昨夜的厌食症
白天的石头，用来盛放泪
夜晚的长柄勺，用来舀孤独
我们在老年的怀抱里听潮声

……今夜你来，而他已去
冬季的雨滴不完
生平来不及回忆
一切都已死去，一切仅是象征
告别成为一个人的相聚

——地理也影响了我们一生。

老年虚构

雪在山上，树在窗外，名声在风中
白木桌子上是剩余的睫毛、油彩和睡眠
成堆的木材是其中最坚实的部分
失眠的大师在追寻他昨夜的面孔

你剪下白纸开始作画
简约的一生适合用铅笔来描绘
此时那灰发的叔叔正在敲门
一封信来自遥远的北方……

狮子座的雨

今夜激越的北风吹送我的积雨云。

（请它押送我的爱。）

湿漉漉的落叶洒满秋天的大地。

（它也贴近我的心！）

最安静的心跳是风暴前短暂的沉默。

穿透生活的刀子来自鸽子悲哀的眼泪。

我为那看不到尽头的背景决定不再去活。

（让他去死！让他去死！）

爱的世界里是一场露出白骨的深呼吸。

清澈的眸子重新点燃起生活的死灰。

纷扬的表皮写尽我黑暗中奔突的狂暴。

（让她去活！让她去活！）

寂寞的黏稠里雷声突然响起，

语重心长犹如来自命运的警告。

我可以

如果需要暴力，我可以
将肉体的一半留下，陪你练习情欲

或将整个的心情寄去
让空虚与抑郁在生活里相互抄袭

我还可以砍断一段前程
并将那把兴奋的刀送给你

或者直接送上我的心，这样你的手
就会变成温暖的玉

我可以驱动四轮的风，吹散你
睫毛上的雨，如果你愿意

就让那雨直接洒下来，淋湿你
黑暗的心

如果你愿意，我可以摘下那

七岁的蜂巢，为你掏出生活的蜜

或者就让我消失，像月亮隐于云层

死鸟隐于大地

青 衣

有时早晨醒来，看一眼窗外
就想迅速老去——

熟悉如同失眠，转身已来不及
疾风清扫落叶，清洗眼里的盐

坚持四肢冰冷，坚持一个人取暖
"亲近不一定是爱的最好表达"

一生的爱不够用来分，上身饲狼
下身喂虎，独留一颗青翠的心

你真绝，会演这样一场戏
不提也罢——像一段哀怨的青衣

站台虚构

那个夜晚，我们从玻璃的后面

走出来，树就站在那里

我望着你兴奋的脸，垂直地望着

你是在哭泣吗？我一边爱你

一边在延伸你的痛苦、羞怯、恢复期

有一阵，雨水像冰，从树叶上

落下来，打在我们身上，充满

甜蜜和危险，避世的念头愈加强烈

此时，车灯照过来，我看见一只惊恐的兔子

红眼睛一闪而过，像一轮下弦月

那么漆黑的站台，那么冰冷的人世

我们还活着，并且一起呼吸

中　途

她哭，她伤害我。

他笑，他伤害我。

她无动于衷，她伤我更深。

他轻轻一推，我倒下。

我倒在社会的小巷不得要领。

真理如此豪迈我在途中。

金钱如此笔挺我在途中。

军队早已撤走我在赶赴

战争的途中。

我在命运的中途耽误得太久。

途中：风景如此极端，

　　　死亡睁开微弱的眼睛。

鲜花之翼

有没有这样一种

东西，它鲜艳、微凉

像鲜花之翼

飘在

罕无人迹的

小路旁

那时你踮脚，张臂

长发遮住

我的脸

拉拉：最终的虚构

"我们该怎么办，亲爱的？"

"拉拉，我也不知道……"

　　——帕斯捷尔纳克《日瓦戈医生》

天哪，这场爱是何等的

海阔天空，何等的

不同寻常。当我们带着完整

带着恐惧，回到这将息之地

雪花也为之飞旋！

多么神奇啊，我们的相遇

就像隐喻在风暴里

如今，躺在床上

看雪花旋转，简单而又

缠绵，仿佛从未有过的

安详。时光遁去，一个老邻居

在猫眼里缝补毫无价值的

星期天，那么坚实

又那么虚妄。让她去活吧

我们去死，这尘世欠我们太多。

最疯狂的季节已经过去

整整两年，拉拉藏在你的体内

她颤抖，赤裸，蓄满液体的

身体，既放荡，又紧张

既过度，又贫乏。即兴的

生与死，渴望着分享。

窗外，雪的白

制造情感的黑，我们爱着

恨着，尖叫着，为了

重生。那催债的人

正踏响积雪，而此刻

你在闪耀，仿佛绝望

也在造就一个诗人。啊，我的

诗歌美人，你就要回到生活里

你就要回到针线上！

多少毒液，如甜品……

轰鸣，全部的轰鸣堆在窗下

如一支炮队在前进……雨滴

结束了，流沙在持续。我躲进身体里

不出来，怕见人。黄鹂结束了，

蚂蚁在持续。女生结束了，

校长在持续。

我告诫自己：上山

要多走弯路。深山结束了，华南虎

在持续。姓王的刽子手结束了，姓江的

在持续。无非是几块钱，无非是，无非！

蓝天结束了，尿布在持续。

一个杜甫结束了，一百个杜二在持续。

我是自己的小诗人，唐诗里的五言律。

皇帝结束了，孩子在持续。谁来为他

穿新衣？他他他他他他他他他……

一窝蜂，没意义。

啊，多少毒液，如甜品

在泪水中，在文件里，在阳光下。

读历史记

我心甜，如雨丝

落在炭火上。必须乐观

用枝繁叶茂对待细枝末节，

用带铭文的汤勺对付一罐蜜。

你看他，第七十八页，哭诉着

想要回自己的遗体，而忙了一天的

刽子手，正在家中吃鱼。

这说明不了什么，既无法证明反讽

也无法证明求欢。山水、大人

遥远的外戚和他的童年

多少魂游大地，哀宗、厉祖、成王

历史是天空的倒影，你我

不过是庭院里的三尺布。

更糟的是，烟与雾，只是

姓氏的差别，谁来统治都一样。

多少封土成灰，羊群失火

长期不见人，不见官吏、狱吏、盐运使

冰封前额，仍逃不脱

科举、算术、老教鞭!

他用泪水思考甜

高潮的路障积满雨水，
闲置的快感存在银行里。

他用一小段花荫比喻下半身，
他用泪水思考甜。

说亲爱的亲爱的变成了无非是，
脚后跟翻倒在人堆里。

仿佛生活的垃圾淤塞了阴道，
仿佛硬着只是一种礼遇。

无言的暴力浮上人脸，
——这消磨，这卑微！

青　山

四月青山，空气绿得

发蓝，无人追逐的鸟

在无聊中死去

我们来此做甚？

禅房春深，草如席

杯中酒和

窗外的雨，安静

只是一阵玻璃的安静

一年一度的

法事，招来多少

老灵魂

我们来此做甚？

想当年，革命

如登山，而如今

青山如市，游人如织

在那一层层的

枯叶里，在那痰迹中

我们还来此做甚？

起风了，下山的人

变作轻快的石头

在鸟鸣中，在山涧里

风吹他，吹他头上的

三根乱发

有多少无奈，多少敌意

一圈圈漾开，如笑纹。

感　怀

多日幽居我已看不到美好的事物

花开之季没有一个完美的腋窝

多年的老邻居只剩下一只前蹄

悲伤的旧友寄来岁月的请柬……

我曾经将时光分成三等份：你、我、他

如今只剩下黑桃中的我和疾风中

转身的你

我曾经傲慢得如同那飘零之物

如今看来山林之美不过是一念之差

我曾经将青春的旧友送过长亭短亭

现在想想，古意全变作了生意

我曾和你在那雪中饮酒，那场降雪

在我的灰发里至今不化

我曾经沾着盐为你写信啊，那时你

着布衣，具蔬食，将自己反省得

体无完肤，如今你在哪里？

明月当头，繁华易逝，时光仿佛

花荫下的一段呓语

有些人走着走着就散了，有些人

见过一面就不想再见

我有太多的盲目清风无从辨识

有太多的呜咽明月几乎不察

现在，依然对友谊有信心，但不再对旧友；

对距离有信心，不再对道路。

我饮酒只是精神独自举向明月，

我念你只是杜甫偶尔想起曹雪芹。

度 夏

六月就开始度夏，我变得

轻如浮云

这标榜暴乱的季节，带着它的

枝繁叶茂，它的大肠杆菌

到集市上嫁接死亡

而我活在喋喋不休的

商贩中间，以冰覆额，寻找着

微量的诗意。窗外，这么多人

这么多人民，却没有一个

具体的铁匠、锁匠、水果商

带着心花怒放的决心，带着爱

去生活，我就觉得

在写出这么多诗之后，如果诗本身

微不足道，在发出这么多问号

之后，如果问号却转身来质问你

那么，不如一句不写，不如闭口不说

不如直接去买醉，不如

马上去冬眠。

中秋京郊遇雨

我来此尚有雨的款待。

我来此醉访木匠。

雨打屋檐，上青苔

入花丛，一连几个跟头

如开放的

湿裙子

我听见她们挤呀挤的

差点

笑出声来。

终于可以偃卧寒榻听风

似雨了，

终于可以滴水

不必穿石。

我有时听到自己在哭，

哭什么？

我依然活着。也只有活着了。

咖啡馆送走友人后独自走进黄昏的光里

出门，独自走进

黄昏的光里。光阴刺眼

一格一格的人群

皆与我无关。安静

也只是丛书般的安静

我在自己的城市流亡已久。

刚才谁走了？一位旧友。

说了些什么？朕与汝在，天下不孤。

革命无非是请客吃饭，满席的讥弹

算我没说。口渴的人

跳进阳光下的海，同此怀抱者

种冰于不羁的玉壶。

听警察讲妓女被杀的故事

类似的故事我听过数遍，但这事

从他嘴里讲出来，无疑增加了

可信度。我们坐在靠近公路的

山间农舍，喝茶，聊天，话题不多的

时刻，看汽车喘着气，往上爬

我在想，如果那故事里的女孩

就坐在我们身边，会不会有

另一种结局。一片云从山顶

翻过来，露出微雨的清凉

两只蝴蝶在木栏上

扇动着翅膀，不可能有

别的结局了，无论如何

她都会悲惨地死去，或死于

哺乳般的顺从，或死于

警察的陈词滥调。这老兄

一边写诗，一边办案，死与抒情

正如黑暗融进黄昏的光里。

| 辑二 | 最后的黑暗（2009-2012）

写小诗让人发愁……

写小诗让人发愁，看水徒生烦恼

混世也不是件简单的事

无望的人练习杀人游戏

大哥们在灯下说闲愁，你一支笔

能做什么？写小诗

让人发愁，看水徒生烦恼

就那样在菜心里

虚无着，在树干里正直着

混世，混这时代夜色，太阳多余

且迂阔。

请　问

乱石以何种秩序聚成塔
男女以何种激情聚成家
众人以何种意志聚成国
我以何种精神能与霜雪
白茅枯枝败叶不离不弃

周　年

鲜花一周，暴徒一周，这是谁的
一周周？娶亲一周，刽子手一周
王阳明的一周，韩非子的一周
江一周，王一周，这样下去
有意思吗？这样下去
肿胀的意志深不可测

我决计和你们翻脸。
我决计直来直去。

小　丑

入秋以来，人事渐稀
不可能的笑料一演再演
它在你面前扮鬼脸，吹小号
一些死去的孩子也混迹其中。
有一会儿，你盯着墙上的钟
数数，听水壶的嘶鸣
风拍打着窗子，死亡的列车
急驶而过，无非就是这样了
细雨打湿夜鸟的脖子，
湿淋淋的旗帜上滴着血。

坏　人

坏人不可能是一个具体的人。

坏人是邻居，但不是我的邻居
是领导，但不是你的领导
是你，但不是具体的你
也可能是我，但这又怎么可能
坏人是个非人，非非人。

我说过的话，被坏人在另一个场合重说一遍。
我流过的泪，也曾在一个坏人的眼眶里打转。

列　国

当夫子的牛车倔强地从泥潭里爬出

前行的曲线再一次被他抻直

迎头，兵的傲慢将道路席卷如泥

无欲，远不如无私更加勇敢

大国的大夫带来列国的逻辑，奥巴马先生

书生不再是理由，做生意才是强权。

夜　宴

他们痛饮时代的血，我们围观
他们吃红色的孩子，我们围观
他们从坚果里剥出黑暗，我们
更靠近了那宴席的中心。他们
终将亮出一颗寡人的心，我们
也被赐予了一点为臣子的怜悯。

罪与罚

"你们准备何时审判我?"他只管饮酒。

"判决已经下达,但

还没有合适的人来宣布。"

"你们何不将我收监?"他只管吃肉。

"别着急,会有人来

——他也许已经上路。"

就是说,我们必须等

等那宣判的人来。此刻

一缕微光,穿透竹窗

落在酒上、杖上、半部法律上。

"你们不想再添点酒吗?"

"是的,我们会添的。"他们百无聊赖

而我们,在等待——我和我的

刽子手,我们都有些不耐烦,

我们都成了等待宣判的罪犯。

夜 行

手心冰凉。真想哭，真想爱。

——托尔斯泰1896年圣诞日记

夜被倒空了

遍地野生的制度

一只羊在默默吃雪。

我看到一张周游世界的脸

一个集礼义廉耻于一身的人

生活在甲乙丙丁四个角色里。

我们依然没有绝望

盲人将盲杖赐予路人

最寒冷的茅舍里也有暖人心的宴席。

只二十年，他已陈旧

中年也在练习书法，练习

隐身、葱茏，在松下

手倒立。

一转眼，他已陈旧，登高

只为教授

伦理学。谁去

谁留，是分裂的，也是

祖传的，我们各活各的

这有何不可？

只二十年，脚下的路

已分裂为歧途。

堆　积

多日来，心事堆积

看落叶，听夜鸟的

哭诉，不惊心但也

无可安慰，仿佛生活的根

已自动裸现

九月里，曾专程跑到

海边，寻找一张

会叫的床，但尖叫

也没用，重新来过

也没用，软和硬

都没道理

不可能的逆境

就在窗外，隔着雨水

与我对视

这时节，头顶白雪

也许最相宜。

被居家

被居家，闲饮，孤独是其中

最舒适的姿势。中年文字客，每天

自我伟大一番，蜚短流长中，无非是

色情，无非是得失，前程

被精确计算，心情也是

我有时总结性地前瞻，前方

和后方没什么不同啊，一些

简单的差异，甚至可以忽略不计

我们爱过的女人，会被别人接着爱

我们恨过的敌人，会死在岁月的屠刀下

欲望是每个人的刽子手

早晚都要补上"丧失"这一课

删除，总比回车更有快感，白头的冷

堪比布鞋的脏，李和杜，解决不了

生计，但可以就伦理作些慰藉

混蛋，也不过如此吧，何况

你头戴冠冕，蹦跶了这么多年

想想都觉得可笑。

不可能的——给晓伟

我们不可能再进去
我们不配享有那牢房的黑暗

思想被关进黄昏的笼子
风景中有木偶列队走过

哭泣吧但哭泣属于亲爱者
诅咒吧但诅咒没有绝对的力量

我们听一场风暴那寂静的中心
我们听荷马的船队驶过一甲子

太多的鸟死于成熟的果实
太多的羽毛在打击一支笔

这是最好的时代对于罪犯而言，也是
最坏的时代，对于所有的逆境

湿漉漉的旗帜在阳光下反光

不可能的青年扔来雪的请柬……

雪　夜

是夜，大雪骤停。

饮酒归来，踏着

松软的野径，心静得

像头顶的月。一个青年

跟着我，也饮酒，也热血

他呼出的冷，让这个夜晚

变得异常年轻。我时常觉得

在孤独中会老得

更快些，没想到这些年

时光和酒量

被我封存得这么好，还可以

悲欢，还可以同调

还可以在迎风流泪时

结出少年的冰花。

为什么没有爱……

从一碰就碎的乳房上采蜜
从一只蝴蝶的翅膀上听风暴

从她的大腿内侧阅读一封家书
从亲爱的死者中感受呼吸

从一片废墟里重新搭建祖国
从一截枯木中寻找水源

小鸟在干树枝上磨它的喙
凶手骑着乌云四处购买凶器

有人在世外听雪
有人在梦中开悟

山峰不曾为任何人让路
前世的诸佛笑而不言。

巢—宅

仿佛高远的天空中一盏熄灭的灯
黎明前的鸟儿离开它黑暗的巢

有多少只鸟儿，就有多少种遗弃
有多少条道路，就有多少现实的对角线

有人去舌头上寻死
有人在笔尖上流亡

空巢对应着家宅——
我独自面对影子和墙。

你看，生活的尖牙……

我们从情欲的沟壑里取水
在难言的爱中融冰

生活多少有些戏子脾气
现实消耗了太多的温情

乌鸦和鸽子降低了天空的高度
猛禽的目光中闪烁着泪花

爱的结局往往就是不爱
热情的生活只剩下呼吸

你看生活它露出了一副尖牙
你看黑暗中一把斧子伸过来……

都不是

十月，雨不是。十月不是。我在雨中

走了很久，那恋人般痛苦的滴落不是。

早秋不是。鸽子不是。汇进合唱里的尾音

不是。杀手不是。刺客不是。小巷深处的夕照

不是。斧头不是。爱上斧头的镰刀不是。冷不是。

库存的爱不是。二楼阳台上的孤独不是。微茫不是。

厌烦不是。雨中的烟花不是。消磨在啤酒桌上的灰尘

不是。欠债还钱不是。赶鸭子上架也不是。

孤松不是。岸柳不是。康梁不是。帕斯卡尔不是。

马克思和恩格斯不是。我父亲的烧酒不是。

杜松子酒和朗姆酒不是。你那天向我裸露的性不是。

乳房不是。大二女生不是。坦诚是好事，但也不是。

地下电影和战国时代不是。遗忘不是。牛头上的轭

不是。衣襟上的雪不是。团结不是。文学不是。

包括伟大的文学。稻草不是。内心的平静不是。

通往深山里的拖拉机不是。有一次我在一片林间空地

发现一束从雾中折射的光，充满了忧伤与宁静，我以为

那就是了，其实也不是。都不是。

快雪三章

1

受命，饮冰，醉酒

犬儒，负米，走狗

入冬以来，观剧的心情

渐无，养伤

无非是不见人，多年的旧友

突然来了消息：猜猜

我在哪里？哦，但愿你

不在本城。……他在

另一繁华处，心动，依然

惧怕着热闹，回信：伤

久未愈，拟不赴

继而，穿棉衣，便鞋

下楼去

小公园，天阴

枫树的叶子

心爱的六边形，随一阵清风

飘落，有一两片

似乎

就要落在我的肩上

伸手　去接

冷冷的

是雪花。

2

雪中走着一个人，不是走来，是走去

从相反的方向看，是我走向你

我想冒着今夜的大雪

去访你，又担心雪到中途就住了

曾经你是那溢出团结的一员，现如今

只需独处，那敲门声永远是记忆中的邮递员

座无虚席不会再有，大雪相隔仅是一次语迟

我们应该更冷、更静、更缺席。

3

对着满窗的大雪

读唐诗，作者写的是

寄友，这友人已先他而去

君埋泉下

泥销骨，我寄人间雪满头。[①]

作者还写到了

夜，孤灯一盏，无处招饮

一个人，握秃笔

对大雪，一个

洁白的深渊

哦，要是我有他的冠冕，他的冷漠

他的孤寂

要是我有——在今夜，融雪的情怀

全城的灯火

我会否，最终，……但

是，谁也不能

替谁去活。

---

① 语出白居易诗《梦微之》："君埋泉下泥销骨，我寄人间雪满头。"

闲 愁

浓雾深锁，站台像架旧钢琴
春天在收获它的最后一勺雪

天空裸露着阴阜般的云
铁丝上挂着滴水的内衣

他从发廊出来，消失在旧街巷
她掏出过冬的新乳，买一送一

浓荫，酽茶，在深睡中度夏
一种颓废的美已多日不见

这美岁月曾奉劝我不必速死
我在窗内想哭，想想还是算了

闲愁如此多娇，哀怨乱穿衣
不会活的人也不配享有死期。

必　须

我记得那个深秋在湖边拉琴的人
身披灰色的雨衣，独对一汪湖水

仿佛沉默的事物突然唱起了歌
他是个疯子，不必取悦任何人

琴弓左右撕扯着他灵魂的线头
而我的写作更像一种经营自欺

必须重回一头兽独自逡巡的冷冽
——必须这样。也只能这样。

提灯人——给AI

他举着灯，匆匆走在无面孔的人群里
太阳像一束追光，追着他不测的命运
当所有人都看到光明时他却只能看到黑暗
当所有人都替他捏把汗时他却在日落之前
被一把拽进黑暗里……

敲门声

风暴正在街上大打出手

冷却塔轰鸣着高温之歌

年轻的占星家在为时代推敲命运——

还差一个逗号了——背后传来敲门声

还差一个句号了——敲门声越来越急

还差一声叹息了……敲门者已破门而入。

昏晨星

该去西边看看日出了
隐匿的大师从昏暗里捡起影子
那送来词的人已在晨雾中消失

该去为无名者致哀了
在这个垃圾遍地的时代
著作等身简直是可耻的

春天的收割机开进了秋天
大地已熄灭所有的灯火
以便让天边那颗低调的星闪烁

天空仿佛大地的映像
而那块在风中飘荡的石头
又是谁的墓碑！

写作将因失明而变成钥匙和代数

秋风中，一根蛛丝如此的无邪
而无用，一条蛇在剥皮中自新。

候鸟们已准备登机了，一只狗
惬意地舔着自己的生殖器。

西风是秋天雇佣的临时收税员，
蝴蝶献上翅膀，鸟儿献上巢穴。

是谁将鲜花卖给了十月？
是谁将泪水租给了秋天？

必须亲自躺下来做个梦了，
所有的梦想都已被现实击碎。

该为鞋匠和药店唱首歌了，
贫穷已将诗人逼成了画家。

那剃刀上的溜冰者终于滑出了国界，

写作将因失明而变成钥匙和代数。

细　雨

黎明。一只羊在雨中啃食绿荫。

梧桐低垂着，木槿花落了一地，满眼让人颤抖的绿！

雨沙沙地落在园中，它讲的是何种外语？

一只红嘴的鸟儿，从树丛里飞出来，像一只可爱的手套

落在晾衣架上。

读了几页书，出来抽烟，天空低沉，云也和书里写的一样：

"他们漫步到黄昏，后面跟着他们的马……"

——然而一把刀！它滴着冰，有一副盲人的深瞳，盯着我。

一个人，要吞下多少光明，才会变得美好起来？

我拉起你的手——我们不被祝福，但有天使在歌唱。

一声哭的和弦，那是上帝带来的钟

在为我们称量稻米……

绿天使

五月，南方的雨时下时息

在一间湖畔旅店

读托马斯·特朗斯特罗姆的诗

他写前线，写风暴，写冰雪消融

他将自己漫长的一生

压进一部薄薄的诗集

安静应和着鸟鸣

悲歌对应着细雨

历史出场时，雨下得更大了

当他写到爱情时

一生不曾出现败笔的大师

突然现出一丝犹疑

哦，那是绿天使就要降临

来为我填满这寂寞人间。

愿　意

阳光在黄蜂的身上嗡响

松树冠被雨水浇得透亮

风吹细纱，她睡得像件瓷器

安静得就像我的榜样。

夜雨留人驻，蛙声叫来提灯人——

昨夜她是小小的木质渡口，将一艘沉船打捞上岸

如果流水愿意，记忆将不会消失

如果记忆愿意，会照见一个隐身人

如果她愿意，那人将会把她举上天

会让她安静、战栗、破碎、飞翔

但是她愿意，她愿意

她愿意向他的隔空之爱奉上轻轻一吻

她愿意在他的盲杖之上开花生根

安提戈涅，安提戈涅，请照顾好这头老狮子

他的盲目在为你提纯泪水。

下弦月

下弦月挂在寂寞街头

一群人在酒中展翅飞翔

只有她在安静地抽烟、饮酒

侧脸的光辉勾勒着下弦月

哦，安静最动我心，安静

一直都是我的好榜样

就像这轮下弦月，带着薄恨

在我的肩头轻轻地咬，轻轻地咬。

醒　来

早起。雾还没散，阳台上的花
还没来得及开，空巷被一夜秋风
吹得像镜面。没有人走动
一架高速列车无声驶过——

没有风。没有云。尼采像一盒火柴
静静地躺在桌面上。
风静下来的时候在想些什么？
云有没有衣裳？如此乏味的真理
不被发现又如何？

每天顶着牢狱的冠冕去写作
何如将爱情当作世界的尽头
将梦想置于老年之膝，却不去实现它
——身后，一阵冲水马桶的声音
她醒来了，微笑里尚有梦的残余。

寂寞的蝴蝶采着蜜

寂寞的蝴蝶采着蜜

绿天使带来林间风

夏季的罐子贮满冬天的雪

伤心人迎来伤心人

黑夜如此清新，如同夺眶

而出的泪，走，走向哪里？

私奔的大雁唱着离别的歌

交出去的一切终于有了女主人

万一梦醒来，万一她离去

哦，还有窗口的灯，还有

窖藏的蜜，还有永恒的隐身人

爱越深，站台越美丽。

寂寞的蝴蝶采着蜜

绿天使带来林间风

石头终于有了心跳

梦境终于有了核心。

树　冠

我们从海鲜酒馆

出来，转往另一个地方。

这是你的领地，你认识每一条

盲道，数得清每一处灯光

但在今晚，一种陌生感

笼罩着我们，仿佛刚认识不久

仿佛还是彼此的客人

你时而停下来，定定地

看着我，像是在倾倒

一种满溢的人生。

烟还会爱上雨吗？

灰烬与火焰能否重续前缘？

我的心都空了，能否盛得下

你的恨？我有些恍惚，记不得

这条路还有多远，但愿它

永无尽头，但愿它直通云端

夜深了，树冠里的灯光

仿佛天上的瘦月亮

正用一场清白的细雪

覆盖寂寞冰山的蓝色火焰。

种

在你的体内种下花儿，让它练习自杀。

种下石头，让它为爱人输血。

种下词，等它长成复仇的句子。

种下块茎——死亡开始发芽，我们一言不发。

出手阔绰的死神，送来镀金的棺木。

我们依偎着，走回风暴寂静的中心。

时光下手太狠了

时光下手太狠了
时光将我一劈两半

一半迅速地垂直老去
一半留给无氧的青春

一半登上远途的列车
一半隐于世俗的针尖

我就是那途中老去的鸟
我就是那片针尖上的云

而你的美尚未公开发行
像白糖罐里溢出的人生

该如何饲养这迁徙的鸟
该如何拨慢这体内的钟

隔着八省的灯火，我思念着

雨水，你思念着一场大雪……

夜的黑啤酒

夜的黑啤酒将我灌醉

恨从两个方向上咬我

你静坐一旁，替我饮下

旧时光酿成的苦艾

我们是夏夜的最后一批客人

爱情的盲歌手在为我们歌唱

夜色如此威严，几只兽

徘徊在街头

空空的鸟巢里

星星像易碎的卵

酒杯空了，黑暗的家园空了

夜雾弥漫开来，天空更空

我们一无所有，谁能带领我们回家？

月亮升起来，我们共同的杯升起来

让我们痛饮吧，这不堪的年华

三位数的痒……

我也想试着死去

我也想试着死去

我想在鸟语花香中与这个世界说再见

当我躺下，大地微笑着敞开墓穴

天空，一座倒悬的花园

所有的厌弃都已无所谓了，包括倾斜的爱，照临的光

所有的账单我已付清，只剩一本

爱情的坏账——

接受爱情，就像接受命运赐予的轭

她具有夜的一切属性，包括不明的轮回。

鲜花重返枝条，

积雪重回云端，

鸟儿飞回蛋中，

我能回到哪里？

生活在泪水中的利与弊

一盏灯关掉，黑暗

并没有降临

悲哀将我们的瞳孔放大

我们早已适应在白夜中生活

在你失眠的眼泪里

溺亡的鹰垂下

昏睡线

伤我

我们互伤，白夜

如快活的刀子

割断所有的出路、情路

我们过去有希望，而未来有什么？

卷刃的生活、夜的低语、盲人赐予的杖

泪水作为压舱之物，只有它

能映照出我们的卑贱与荒凉

但是，哭过之后才知道

世界一直清新如旧

答案在晚来的雪中缓缓敞开……

听巴赫，突然下起了雨

听巴赫，突然下起了雨

路灯的光线穿透树冠

落在空巷的水洼里

乌云已在天空布好幕布

乌云在下一盘很大的棋

雷声重新为巴赫定了调子

悲哀汇进技艺提纯的旋律

如此我听着，在这个

被雨声瓦解的黄昏

有那么一刻，我仿佛

看见了你张望的面孔

在那雨雾弥漫的码头上

你正背着一袋判决书

前来与我分享……

我在春风中睡去

我在春风中睡去

在噩梦中醒来

一些词自黑暗中跃出

一个人在梦中

打探我的消息

醒来，一种孤枕无边的冷

落花飘散在窗台上

一些消息在屏幕上

消失又重现，一群人

在贝壳里表演大海

如今我已安静下来

像沉于公海的船

每天都失去一点记忆

每天再独自回忆起来

让我们来谈谈诗吧，老朋友

这春风凛冽的时刻

适合谈论一切美好的虚无。

说　耻

今人诗有三病：不诚实，不真实，不老实
饭碗里没有羞耻，辞受间全是政治。

有人在修辞上撒谎，有人往泪水里加盐
一个流氓因自鸣得意而结结巴巴。

子虚，亡是公，乌有先生，虚荣的力量
如此强大，唯羞耻可与之对抗一阵。

耻不可耻，年轻时谁没混蛋过，杜子美
放荡齐赵间，裘马颇清狂，亦在少壮时。

作诗但求好句，已落下乘，
做人若只做个文人，便无足观。

亭林先生曰：士大夫之耻，是为国耻。整个夏天
我都在跟明清的几个儒学习如何做人——

壁立千仞，辞受有衡，吾不如船山

零雨其濛，花香四溢，吾不如晚村

民吾同胞，入世情切，吾不如泾阳

鸡鸣不已，学究天人，吾不如阳明

笃于朋友，如坐春风，吾不如梨洲

经世风流，确乎不拔，吾不如正学

学而不倦，悔人不厌，吾不如白沙

磨顶接踵，与时屈伸，吾不如亭林

居处恭，执事敬，与人忠，吾不如许多人。

多说无益，说曹操如果曹操没到呢？
贵人语迟，圣人语默，巧言令色鲜矣仁。

当我写下"痛苦"，我必是痛苦的，一架
仁学的战斗机在我的灵魂深处斗私批修。

《思想录》

我只赞美那些一面哭泣一面追求的人。
　　——帕斯卡尔

帕斯卡尔说，人是宇宙的光荣兼垃圾，

垃圾是可悲的，认识到这种可悲乃是伟大。

不要小瞧这堆垃圾——它是会思想的垃圾，

但它到底在想些什么，我们却并不知道。

幸亏我们不知道。如果我们知道对方在想什么，

那么全世界就不会超过两对朋友或情侣。

不要思考。世事皆偶然。据说世上没有两片雪花

是相同的，但也只是据说而已，没有谁真的去比一下。

如果克里奥帕特拉的鼻子再短一点，就没克伦威尔什么事了。

如果克伦威尔输尿管里的尿沙再少一点，罗马城可能就不

　　再属于罗马。

不要思考。思考乃上帝的裤衩。笛卡尔一心想抛开上帝单干，

但他也需要上帝之手轻轻一碰，以便使世界运转起来。

不要思考。思考无非是一种求偏见的意志，

多数人需要麻木，就像少数人需要当头一棒。

谁对无知再多一点无知，谁就离先知不远了，

黄昏的哲人一声叹息：一觉醒来，又到天黑！

揣龠录——读顾随①《揣龠录》

世界上，盲人的胆子最大
不信，你闭上眼试试走两步

闭上眼，你就是个聋子
而盲人的眼睛比谁都好使

我认识一哥们，戴墨镜，拿盲杖
开口就讲：昨天我看电视上……

不要以为穿双布鞋就能唬住人
盲人的胆量其实全来自看不见

如何是禅宗奥义，马大师、百丈海、赵州和尚都不敢
轻易拍板，一个盲人却说：禅就是眼不见心不烦

其实揣龠就是揣摩领导的意图
"是以行年七十而老斫轮"，明白不？

1960年，这个老牌词章家在领袖的著作里

揣摩革命，在一卷红宝书里寂然禅定。

<hr />

① 顾随（1897—1960），字羡季，笔名苦水，别号驼庵，河北清河县人。中国韵文、散文领域的大作家。著有谈禅著作《揣龠录》。"揣龠"语出苏轼《日喻》："生而眇者不识日，……或告之曰：'日之光如烛。'扪烛而得其形。他日揣龠，以为日也。"

聂诗镜铨——读聂绀弩《散宜生诗》

从秦城回来后，此老

就开始反对一切直立行走

躺着说话才不腰疼

谁说在广场就不能吼几声——

"家有娇妻匹夫死

世无好友百身戕

男儿脸刻黄金印

一笑心轻白虎堂"①

打油就是打酱油

写古诗如怀念前妻

老干体说白了是一种待遇

无端狂笑无端哭，三草中②

独缺一棵墙头草

老聂这一生，混过民国，混过绿林

最后混进了宁古塔

白帽子进去，绿帽子出来

哀莫大于不死心，大骂小帮忙

自有一种横行之美

145

敢在党魁面前耍花枪的

不是林冲就是黄世仁

有些人一写古诗就俗

唯老聂将注释诗学搞成了绝学

而用意全在注释之外。

---

① 聂诗《题林冲题壁图》。

② 聂诗集《散宜生诗》包括"三草"：北荒草、赠答草、南山草。

弄　险

写作从来不自由，很做作

有时候我也会陷入求偏见的意志

在一块思想的薄冰上战战兢兢

跟坏人有什么道理好讲？

但空洞的谦逊更令人反感。

适度的怀乡病，可以照见人影

我的病里全是镜子和溃疡

你懂得阔叶的喧嚣，未必懂得

一阵风，我就是那阵风

吹过去就算了，说多了也没用。

多元即割据，江湖就是江西和湖南

多年的隐喻造就一场宿醉

醒来后才发现阴茎就是一根葱

后现代原本就是一颗寂寞复眼

想新鲜就往绝句里再多放点盐

尼采在我这个年龄上已准备疯掉

而我年轻时也轻狂得像一根稻草

去马来驴，如今白茅亦可诛心

我依然在镜子里寻找着逆境

没有痛苦的思想就不必发生。

丹东——读毕希纳《丹东之死》

亲爱的雅各，塞纳河在流血，而你

却让断头台裂变成一座悬崖

恐怖大于革命史，贵族的血

浇灌出一朵恶之花

曾经，革命就是我的名字

我曾在马尔斯广场上向王权宣战

我就是长裤汉们的大神朱庇特

但巴黎需要面包，而不是人头！

自由必须高于恐惧，革命的骏马

必须在妓院的门前稍作停留。

当王后、罗兰夫人和吉伦特派的血

灌满了马拉的浴缸，革命

已成为一场无望的泅渡。

用你的道德去统治吧，罗伯斯庇尔

你不贪钱，不枉法，不跟女人调情

你正经得让人厌恶，但你手上的血

已变成巴黎的一场冻雨

你活着吧，我要去死。

谁相信毁灭，谁就会得救

断头台就是最好的医生

我知道，萨图恩专吃自己的孩子

你无非想要我这颗人头，拿去吧

死去比活着更容易

真是无聊啊，生活就是一种重复

总是夜里上床，早晨再爬起来

这一切该如何结束？简直一点希望都没有

我决定去死，为革命再增加一颗人头

有人死于恐惧，有人死于愧疚

我将死于两者的共和。

无　题

一个人时，我时常感到拥挤，
感觉体内的某个地方需要爆破。

在政治的天平上，道德只有七两重，
《徒然草》云：不求胜，但求不败。

晚风已没什么秘密可言，所有的灾难
都已被证实，包括雨中的覆巢。

佝偻承睫，无非是让别人上钩，一个四处
收购门徒的人，顺便收起了民间的刀。

先锋派要求提前加冕，我由此确信
愤怒已不在绍兴，艺术不在七九八。

潜水于明清文集，听腐儒们谈气、性与双脚的
关系，竟觉得默默无闻也是一种狂狷。

难道不读古书就不能走老路吗？我偏不信

昨晚，我私下里向一片燃烧的云作了忏悔。

人境庐诗草

清晨，我因空腹饮茶而倦于表达
她絮絮叨叨，仿佛有孕在身

生活总想逼我出门
经济的嘴脸一团和气

与其外出，不如格一丛门前的竹子
死于伤心，何如死于羞愧

斗室最适合灵魂受刑
挂在墙上的江南一望无垠

一个儒，跟了我半年有余，被我劝回山里
听说，终南山现有八千人在隐居。

中午，美人送来闭门羹：古籍少许，四川
半钱，沧浪之水，泪两行。

午后，一个人躺在床上——打一动物名。

钟表不动，仅仅是前朝的时间突然停顿。

黄昏，为一条爬山虎指引方向：方知道

一切领导皆是霸权。

看晚间新闻，一个青年在为党章重做句读：

你，不给，我一个，说法，我就给，你，一个说，法。

晚餐，麻辣已和小龙虾私下讲和，

照此道理，狂风和斧头都该被封杀。

入夜，大雨在窗外通缉一个天朝的逃犯，

明月是他的同伴。

我羞耻故我在

下雨了。做爱做到一半，不做了，
咽下去的东西，再吐出来。

旗帜升到一半，被一场悲剧制止，
钟表懒得再动，因时光太过漫长。

出租面具的人，在诱惑一个学射少年，
一只被组织派来的苍蝇跟我讨价还价。

因为风的缘故，落叶在羞辱一只鸟，
天空太低了，乌云在追捕鹰的思想。

如此纯洁的白云，为何洒下如此肮脏的雨水？
必有人下了命令，必有人从中做了手脚！

雨大了，我们的悲哀收紧了，
闪电提示着黑暗的无边无际。

人生，其实活一半就够了，

另一半留给慈悲如破陶的母亲，

请她重新选择自己的父，自己的国，

请她在光明中将我们再生一遍。

消夏录

上午写了两首诗，午睡醒来
感到面目可憎，皆删去
顿觉世界神清气爽。

一年也可当作三天过：新春、立夏、中秋
往往芒种一过，我就开始陷入混沌。

入夏以来，就很少写诗。
不写，其实也是一种写，每次小便
都在草书一个亡字。

我有时会在梦中杀人放火，白天遇到警察
还是会绕着走。

什么都不做时，感觉最忙，因此
我没有真正闲下来的时候。

一个写小说的，写成了土豪劣绅

这也是没办法的事情——很多人一不小心
就有钱了。

有钱能使鬼推磨，推来推去的
有意思吗？

对我来说他世故得全无希望，
他总把落叶说成是二两铜钱。

我们在哪儿见过吗？三十之后
我基本就不记人脸了。

我有时故意把一个字写错，以体验
暴君的隐秘快感。

生活就是一则四则运算，
得负数和无理数是常有的事。

读书，但很少读到结尾。我担心
每本书的结尾都潜伏着一个答案。

读完一本回忆录，突然发现

不会写诗了。还是平仄的路子好走。

讨厌他，就告诉他，这是一种美德。

这种事以后别再叫我，念诗就念诗

朗诵会都开始半个小时了，领导的话还没讲完

——我还没听说过有谁能领导诗人。

装什么装？不生虱子才几天？为了反对一切

假正经，什么茶我都摁到一个壶里泡。

孤独时，就照照镜子，在一阵犬吠中

寻找韵脚。

我还是对自己太客气了，自己就像

自己的一个客人。

最近偏爱听雨，这是不是一种心灵上的腐朽？

中年之后，再指责自己就难了。

冬天来了

冬天来了，孤立的时刻到了。

是不自由在为我们争取自由，
是星光在为黑夜颁发荣誉。

是枯木在认领前世的落叶，
是北风在自扫门前雪。

成群的乌鸦飞过丛林，必有一只
是最黑的；一只穿皮衣的大鸟，
敲响流亡者的家门。

是时候了，不能再给机会主义以机会，
不能再让天鹅恋上癞蛤蟆。

冷空气正在北方开着会议，我等着
等着你们给我送来一个最冷的冬天。

我主要讲三点

现在开会。下面我主要讲三点：

是谁用电话召来了这头猛兽，还为他配置了黄金的笼子？

是谁打开了猪圈，让这些不洁之物与我们同槽对话？

是谁硬逼着河马长出了翅膀？

是谁在深夜敲响鹰的家门，并请它连夜去喝茶？

为什么我说话，解释权却在你们手里？

为什么说话算数的人尽说些废话？

天亮了，月亮怎么还挂在天上？它不是出国了吗？

希望它能为我们带来新一轮的西学东渐。

夜深了

夜深了，鸡鸣的时刻到了
请太阳再给月亮一次机会

有多少唾沫，就会有多少星星
有多少道路，就会有多少墙壁

月亮声称在天空它就是老大
仰望星空时我们又在仰望什么？

乌云在大雨中翻脸不认人
狂风吼叫着：出来吧出来吧！

这月亮，它究竟想干什么？
为什么需要它发光时它却躲到了云里？

无　题

昨夜风大，酒桌上的政治
和美学在推杯换盏。

陌生的客人要为我们上课
来自第一线的盲歌手在描述现场

虚无者多死于乐观
乐观者死于天天向上

谁在此刻沉默谁就拥有一颗易碎的心
谁在此刻开口必将遭遇政治的强吻

空空的楼梯上，一个影子孤单闲坐
悲伤的女人掌灯过来——

无　题

和一群死胡同艰难地谈判
跟一把利斧磨破了嘴皮

与手拎人头的领袖交换战俘
向居于中央的蛛王谋求一张网

夏天，雪团在激动不已地聚集
冬天，干柴围着火刑柱，静静地

从伤口中生出一堆悲伤的好人
从血液里流出一片美好的晚霞

死亡的门槛一降再降
零度情感催逼着伤心人。

我没想到失败也可以迎来它的荣誉

春天，我曾去蜀地领取黄金

犹如火中取栗，大海里捞针

我没想到羞耻本身也可以获奖

我没想到失败也可以迎来它的荣誉

他们说这个人终于有了点坏名声

他们终于从骨头里挑出了鸡蛋

我知道，我知道

诗写不好主要是光荣太多

而光荣本应由乌云来安排

如果一定要光荣和耻辱走在同一条路上

何不将道路分裂成两岸

现在好了，马已饿死在草原

牛也被赶进了牛角尖

现在终于轮到小丑们登场了

小丑却突然扭捏起来

怀 念

突然想起那些早逝的诗人

他们的诗集就放在手边

他们的音容还留在记忆里

他们的邮件还躺在信箱中

他们喝过的酒、唱过的歌、骂过的人

还一样清白、愤怒、无耻地活在世上

而他们

也真的跟活着时没什么两样

只是安静了许多

只是不再讲话

而我们这个世界

又多么需要这片刻的安静啊!

睡去原知万事空

夜深了，冬眠的人们
纷纷躲进了爱情的掩体

忧愁在与路人热情拥抱
大海打开了泪水的栅栏

绝望的人群在为绝望呐喊助威
冬季还邀来一场小雨一起哭泣

而悲伤早已弃我而去，
悲伤彻底拿我没办法

北风集合起落叶的队伍
向我作最后的道别——

好好活下去，还有很多事情
需要活人亲自来办

睡吧，睡去原知万事空，但不睡

梦想就可能过期作废

神马浮云，终成眷属

众鸟醒来，为我歌唱。

最后的黑暗

走了这么久

我们是该坐在黑暗里

好好谈谈了

那亮着灯光的地方

就是神的村落，但要抵达那里

还要穿过一片林地

你愿意跟我一起

穿过这最后的黑暗吗？

仅仅愿意

还不够，因为时代的野猪林里

布满了光明的暗哨和猎手

你要时刻准备着

把我的尸体运出去

光明爱上灯

火星爱上死灰

只有伟大的爱情

才会爱上灾难。

最后的雪

一冬无雪，仿佛悲哀没个尽头
春天临近，一场大雪为我们浮一大白

只有雪是免费的，希望雪不要落在
坏人的屋顶上，要落就落在鸽子的眼睛里

看，时代的清洁工又开始扫雪
要为我们扫出一条黑暗的通道。

黑暗来自乌鸦展翅飞翔的一瞬

窗外，大片的云在非法聚集

风暴宣读着远方的誓词

动物们抬起一具蚂蚁的尸体

闪电太猛了，几乎闪了自己的腰

鲜艳的救护车在安静地等待生意。

听说有人死于飘过屋顶的火焰

听说有人在床上发生了交通事故

空洞啊，空洞就像一座县医院

无望的泪水奔涌着寻找它的源头

黑暗来自乌鸦展翅飞翔的一瞬。

唯有死亡不容错过——悼念史铁生

今天，太阳别出心裁地

从南边出来，哦，我总是

在最严峻的时刻睡过头。

据说死亡是一件

无须等待的事情

但再不去死，恐怕就来不及了。

今天是最后一天，这食人的繁华

就要接受烈火的审判

一切第二人称

也要受到黑夜的讯问

你从来不说你，只说我——

"我与地坛"

"我的遥远的清平湾"

你以第一人称死去

必将以第三人称复活

复活，是死者送给生者的

唯一礼物，作为时代的病人

我相信我也可以去死

我也有能力死，但就是

死不了。一代代人死去了

北风依然在给我们上课

闪电依然在与我们共勉

在死亡的最后一根稻草上

一只蝴蝶的翅膀

正掀起一场爱情的风暴

那就让死亡来得更猛烈些吧，死

是死不了人的。

一颗子弹在天上飞

一颗子弹在天上飞

一颗铜质子弹，反射着太阳的光芒

在天上飞

像静止一样，那样迅疾

在芝诺的直线上

飞

是什么样的基础、什么样的情仇

什么样的抛物线

将它送上了天

一颗子弹

一刻不停地

在天上飞

抬头张望的人

张大了嘴巴

无人知晓

这颗子弹

它到底

意欲何为

它在飞。

巴登维勒①

> 我会在春天，和融化的雪一起离开。
> ——安东·契诃夫

Ⅰ.雷蒙德·卡佛

我告诉你，我抽了四十年的烟，喝了三十年的酒
死神是我主动邀请的客人。但安东·契诃夫不同
这位贫穷的大师天生就不该死在这该死的病上
这就是他妈的命运，但我求之不得。
他是那样谦逊、安静、大度地，和他的结核病
做了多年朋友。我只有在酗酒、写作和钓鲑鱼时
才是快活的。这就是我的不幸，真的，我告诉你。

Ⅱ.列夫·托尔斯泰

他写得多好啊，就像贞洁少女所绣的花边
我这么说时，他就害羞地低下头，沉默着
细心地擦拭他的夹鼻眼镜……

我喜欢这个连走路都像女孩子的天才

他真的无可挑剔。我曾在他的病床前

向他阐述灵魂不朽的理念，看来他也许真的

不需要这些。他总是那么平静、耐心与温和。

Ⅲ.西维尔医生

七月的巴登维勒正遭受着热浪，所有的窗子

都打开了，依然没有一丝的风。我的病人

快不行了，我曾建议他食用些浸泡在黄油里的

可可粉和燕麦片，临睡前喝点草莓茶，除此之外

我也无能为力。那个晚上，我数着他的脉搏慢慢

从1变为0，0就是结束，对医生来说，是这样。

那个夜晚，没有人声，没有喧嚣，只有宁静、美

和死的庄严。一只黑色夜蝴蝶飞进来，将油灯扑灭。

Ⅳ.雷蒙德·卡佛

他在临死前还要了一杯香槟，啧啧，一杯酩悦香槟

医生在开启香槟时，尽量避免瓶塞发出那种欢快的

爆破音——"砰!"就是这样，但我喜欢。

"真是好久没喝过香槟了，"他跟医生说，然后

一饮而尽。一分钟后，他就死了，他的"小马"

守在他身边。是的他叫她"小马"，有时也叫"小狗"

"小乌龟"。她没有哭，只是静静地看着桌上的瓶塞

"砰"的一声再次蹦出来，泡沫顺着酒瓶流下……

V.马克西姆·高尔基

安东离去时，我正在芬兰的细雨中发烧。

大炮对着朱诺堡轰炸，探照灯伸长了夜的舌头

战争这头怪兽正从远东横踏整个欧亚大陆。

安东的棺木被放进一节绿皮车厢里，车门上写着

两个大字：牡蛎。他被错认为从满洲运回的

将军的尸体，一列军乐队和盲目的人群为他送葬

后面跟着挚爱他的两个女人——他的妻子和母亲。

他是带着爱离开这个世界的，他离去得恰是时候。

---

①本诗参考使用了内米洛夫斯基《契诃夫的一生》和雷蒙德·卡佛《差事》等传记资料。

想不撒谎真难——维特根斯坦：天才之为诗人

想不撒谎真难。撒谎就像咖啡里的

那点甜。没有比不欺骗自己更难的了。

我们的愚蠢也许是非常聪明的。但我

从不在哲学上撒谎。清晰是一种道德。

不能说出的东西，必须对之保持沉默。

在生活里，我的天性仍强烈地倾向于

撒谎。肉欲尤其让我沮丧。昨天我又

陪他走了很远，沿着海边的松树林

我们像两只并肩站在沼泽里的牝鹿

这有多坏？我不知道。我知道它是坏的。

今天回到我乡间的小木屋，有一点沮丧，

有一点甜。我快要死了你知道吗？

在病榻上等死，就像一个人悲伤地在恋爱。

他们说我没操过一个女人，这不是真的。

爱是一种欢乐，虽然是一种夹杂着痛苦的

欢乐，但仍然是一种欢乐。哲学却没有

自己的体温，它只为苍蝇指出飞离捕蝇器的

道路。一个人要有多孤独，才肯坐下来

跟自己谈谈心？逻辑冻人，哲学真应该

写成诗啊。我知道没有几个人能够懂我。

仅仅领先于时代是没用的，因为时代早晚

会赶上你。关键是让自己领着另一个自己

艰难地迎向那光。诚实的人们应该互相鼓励：

"慢慢来！"让思想像水泡一样慢慢上升到表面

我们的思想不发光，但有一道自上而下的光，

那是什么？是上帝吗？和解的时刻就要来了：

告诉他们，我度过了极好的一生。①

---

① 1951年4月29日，刚过62岁生日的维特根斯坦因前列腺癌去世。失去意识前他说：
"告诉他们我度过了极好的一生。"

问自己——你要诚实地回答……

1

树枝上的鸟和果实，你爱哪一个？

你爱她还是它？如果她已不再是它？

也就是说，如果她已消失，你会不会爱上地上的影子和雪？

当你说到爱，你到底是在爱别人还是爱自己？

除了给她孤独的爱，你还给过她什么？

她刚出生的时候，你在爱着谁？当她老了呢？

你向一朵花撒过谎吗？她曾那样天真地看着你……

当陪审团里坐满了她和她，你又该当何罪？

当你自我审判的时候，你为自己做过伪证吗？

在那重新爱上你的人里，有没有你昔日的敌人？

自私像一条微茫的阴道——你在插入时想到了什么？

2

在被热情拦腰抱住时，你想到过寂寞吗？

风在远方骂你时，你听到了吗？为何默不作声？

在杂耍艺人的聒噪中，你有没有过卖艺的冲动？

一座孤岛，邀你前去称王，去，还是不去？

面对窗外的噪音，你把耳朵捂上是什么意思？

如果不能在沉默中认清自己，又如何保证不会在喧嚣中迷失？

你在面对自己时，可曾想过鲁迅如何面对周树人？

"无限的远方，无数的人们……"你真的爱他们吗？还是
　仅仅说说而已？

当坦克驶过街角时，你又在哪里？

你叫高照亮，但你既不在高处，又无从照亮，你是不是名
　不副实？

给你一只碗，你会用它来盛什么？——"盛我自己的血"，
　你这个骗子！

3

在那片休耕的土地上，埋着你的祖父，你想到过重逢吗？

死亡偷偷找到过你吗？你们都谈了些什么？

那异乡人跟你说了什么，以至于你一整天都在发呆？

昨夜膝关节的痛，又在向你诉说着什么？

你愿意作为一粒种子，还是一颗金子去下葬？

你藏在体内的钟，是为谁所留？当它变作骨灰，又有谁在哭？

你哭的时候，有谁在听？她们可是你理想的听众？

向下摆渡的船，你可曾坐过？你看，你的朋友们都有坐

  ……

你有没有勇气成为失败的一部分，而不是作为它的邻居？

连一次像样的失败都没有，你是不是得到得太多了？

你这一生，可曾为自己修筑过一座抵挡溃败的堤坝？

4

听说为了验证健康，你曾专门生过一场病，这很好。

听说你依然想做一个低于柜台的孩子，即便糖果已经卖完。

你还是你梦中的客人吗？你们会不会手拉手结拜为兄弟？

想对那埋伏在街头的射手说句什么——假如那枪口正对着你？

你在内心到底杀死过几个人？你的手上有几只麻雀的血？

你看到过一只在射程之内的鸟眼吗？但它们仍在歌唱……

这一刻，你是否愿意成为你的敌人？说说你都做错了什么！

所有的错误加起来，能否累积成一次人性的雪崩？

当内心的黑暗逐渐释放时，你敢于承认自身的卑污吗？

爱在减弱为低气压。你是卑贱的，知道吗？你是卑贱的。

现在，你终于承认自己不诚实了，这到底是一种诚实还是

在撒谎?

什么才是结实的人生

秋风已装上冬天的马达，卷起
枯黄的落叶，那么深情的天空，
却没有一只鸟。每天准时坐在
书桌前，仿佛被另一个人生雇佣
其实只是停不下，就像那窗外的
清洁工，入秋以来，他就在清扫
落叶，早晨和黄昏，一天两遍
然后用一个柳条筐，拖到小河边焚烧
那好闻的气味会随风飘进我的阳台
我便停下来，抽颗烟，让两种烟雾
汇合在一起，仿佛两种人生的交汇
——他扫落叶，我写作。他的活计
要一直持续到冬季，直到一场大雪
将树叶全部捋光，然后再开始扫雪。
他在诠释百变的人生其实只有劳作
我则希望这不朽的技艺能带来慰藉
人近中年，虚幻的成功已不够有趣
而如果写下的一切只是一种折磨

何不干脆将它酿成蜜？黄昏时，读

一位早逝诗人的诗集，他在书里说

"我操过那个妞儿！"是的他操过

他还曾雇人哀悼过自己。似乎该干的

他都干过了，然后死去，悄无声息。

就像我那些远方的朋友，我们各自

沉默地活着，连电话都懒得打一个

但我们确知彼此都还存在于这世上

活着，轻飘飘的，落叶般的，人生。

与旧友聊天一下午

春天的大雪装饰着街道

多年不见的旧友带来新的消息

他离婚了，他发财了，她终于

结束了不可思议的婚内生活

这多么好生活被你们搭起又毁掉

这多么好你们又各自找到了新欢

我想说我仍一成不变地待在原地

生活这个硬物始终拿我没办法

但这不是事实因为逝者如斯夫啊

我们玩着玩着就老了，老了就好办了

我是说我们终于不再年轻，某种作为

生命基点的东西被建立起来

自此，我们就要为后半生而活了

但后面有什么？但愿它是仁的，就像

窗外这场大雪，它落在众人的头顶上

悄悄打湿了谁的一缕白发

如同新鲜的旧物堆积起的爱，

如同命中的心爱者一一复活。

从死亡的方向看，什么才是有意义的

天一直阴着，过午时，下起了细碎的雪
沙沙地落在屋檐下的篷布上。我呆呆地望着
细雪中的枯树、房顶和远处的火车站
舒伯特的鳟鱼五重奏在唱机里循环播放。
一年终了，没有悲哀，没有狂喜，每天逆着
众人的方向，从城里来到郊区，只为找一个
清净的地方，抽烟，发呆，凭运气写首小诗。
有时想起远方的朋友，缄默的嘴唇会送上
一两句祝福。活在孤寂的虚无中，和活在
忧伤的蓝调里，看不出有多少不同。
从最细微的事物里重新学习爱，从书页间
讨生活。这一生真要浪费起来，还是很费时的。
这是一种属人的生活吗？有时一阵清风就能
鼓荡起我心中的罪，或从窗外鸟雀那闪光的
尾羽上，想起她胯间的毛发。那些看似没有
被浪费的时光，事实上，也被我们浪费了。
关键是空下来，在期待中发生的每一件事
都会有神启。黄昏时，车站的灯光亮起。

下楼，发动车子，扫去玻璃上一层薄薄的雪

沿着雪雾弥漫的公路回城。路面的冰反着光

远处，一束烟花在空中炸开，绚烂，然后又

复归沉寂。

| 辑三 | 危险的中年 (2013-2015)

论我们现在的状况

是这样：有人仅余残喘，有人输掉青春。
道理太多，我们常被自己问得哑口无言。

将词献祭给斧头，让它锻打成一排排钉子。
或在我们闪耀着耻辱的瞳孔里，黑暗繁殖。

末日，没有末日，因为压根儿就没有审判。
世界是一个矢量，时间驾着我们去远方。

自由，也没有自由，绳子兴奋地寻找着一颗颗
可以系牢的头，柏油路面耸起如一只兽的肩胛。

爱只是一个偶念，如谄媚者门牙上的闪光。
再没有故乡可埋人，多好，我们死在空气里。

善 哉

那攀上高枝的蝉

将旧壳留在枝干上，这很有趣

仿佛它们不曾是一个人，对吧，这很有趣

到底是新生还是死亡？也许只是一次轮回

一个旧我被清空了，死亡徒有其表。

人生其实就生在这死里。并相信这是善的。

赞 美

"幸福是一种谋得。"读完这一句
我来到阳台上，并假装思考片刻。
在我思考之际，一只蝴蝶翩然飞过
这些完美的事物并不为我而存在
我只是借浮生一刻享用它们的荣光

世间一切均是恩赐，你说声谢谢了吗？
要说谢谢，在世间的每一个角落
在垂泪的肩头和欢笑的刘海，在偶遇的
街头和遗世的塔尖，都要说声谢谢——
谢谢这种短暂的相处，谢谢这种共和

谢谢。但丁和他的导师归来后如是说。
谢谢。尼采在他最后的十年里如是说。
谢谢。一片银杏树叶如此感激那道光。
谢谢。你上扬的嘴角如此回应我的爱。

静静的灰尘：致卡佛

她转过身去，羞涩地除掉最后一件
内衣，从一面镜子里他瞥见
她用手悄悄托了一下，那是一对
刚刚生育过的乳房，不陈旧但也
算不上新鲜。没有足够的自信，这他
看得出，因此尽量不去直视她的肉体
他在她身上慢慢地舔舐，像一头驼
在沙漠上静静地吃盐。当舌尖上那一点
滚烫的蜜，滴落在她的缝隙，她轻叹着
开始改口叫亲爱的。当他从她身上滑落
突然觉得她如此的陌生……她向他诉说
家庭的不幸，诉说丈夫已不再与她做爱。
没有十全十美的婚姻，他如此安慰着她
并悄悄地从她身下抽出已经发麻的手臂。
他们就那样静静地躺着，假装还能爱
一缕光线穿过窗缝，照见空气里腾起的
灰尘，也是那样，静静的。

命中注定

他终于坐下来，抽了半支烟，打开
电脑，准备写一首诗。像一种祭神仪式
这首诗的模糊面貌已经了然，他有信心
在这个阴雨绵绵的午后，将它写出来。
还看不清它的形状，确切说，只知道
它存在着，能感受得到它怦怦的心跳
但尚不知它置身何处。这有什么关系呢？
它已然生成，在他的体内，只需要一个
合适的契机，将它生下来。他将剩下的
半支烟点上，坐在电脑前，敲下第一行——

但这就是它吗？他有些惶然，不敢贸然
继续写下去。也许会把它写坏呢？或者
写成了另外一首诗？他起身来到室外
转了一圈，天空的云越积越厚，雨点
开始变大。诗啊，没那么复杂，它通常
很简单，但要让这简单之物完美现身
依然是难的。再次返身，坐下，在电脑上

敲下最后几行。现在，一首诗已经诞生

但还不是最初的那一首，他确信，那首

命中注定的诗，依然没有被写下。

囚禁——给德安

一排牢房一样的红砖建筑，一扇
很小的窗，开在房子的高处
只能看见风，房檐下的鸟，和
床单一样的云。我的朋友住在
三角铁搭起的简陋空间里，一张床
一把椅，一台连接世界的电脑
栏杆上挂着他的雨衣。

必须为自己建造一所朝向内心的
牢房了，他一边泡茶，一边感叹
外部的世界早已溃不成军
是啊，为自己的身体寻找一所
牢房，这很不错，适合孤单的劳作
顺便发呆、绝望，并在绝望中
悄悄自我修复。

两个人就这样坐在一张老旧的
沙发上，沉默着，烟灰里腾起一缕

白雾，一种难言的安详，一扇门

朝向夏天的草地，青草被阳光

依次点亮，多么动人的绿啊

朋友将它涂在画布上。

爱过的，就不会再爱了

有多少旧巢被弃于风中，有多少新巢
被重新搭建。重复，重复同样的错误

如此轻易地就爱了，又如此轻易地散去
那点旧爱，就像舌尖上一小块易融的蜜

我曾请大雪为你搭好舞台，你却邀来厄运
同台演出，恶和它的披风于是都有了形状

爱过的，就不会再爱了，爱有它的半衰期
如今只剩下恨了，只剩下恨和一点点余烬

我老了，不需要将青春再重演一遍
当我抬头，一个木基督在瞪视我的灵魂

听你嗓音中那咝咝的提琴声，谢谢
梦中的小提琴终又回到大雪的手中。

人是怎么回事

一条蚕，吃饱了，吐丝将自己
裹起来，等待着化蛹，蝶变

一棵树，开花，结实，然后死去
但它留下了种子、根，生命继续

但人是怎么回事？从出生到入死
生命像一支箭矢，射进微茫里。

老诗人

他已须发皆白，老态龙钟

瘦弱，易激动，在家里像个霸王

但他又谦逊，大度，曾写过几首

好诗，江湖上有他一把交椅

不知不觉间，他的风格已经落伍

现在已是后生们的世界，他默默

待在书房，还写诗，但不再发表

还发言，但只是针对狗和老伴儿

老伴儿也早已拿他没办法

他承认自己的时代已经过去，但谁又

不会过时呢？过时的意思无非是

时过，境迁，人未变，而已

他的确没什么变化，依然爱诗，爱酒，爱

女人，说到激动时，会突然伸出手去

往空气里抓一把，像枯瘦的龙爪

然后是一阵剧烈的咳嗽。

清　白

他在世上像棵不生根的树
他在人群里像半个隐身人
他也走路，但主要是漂浮
他活着，仿佛已逝去多年
但他的诗却越来越清澈了
像他早衰的头颅
在灯光下泛着清白的光晕。

我们曾坐在河边的酒吧闲聊
聊一个人的死被全世界纪念
聊侍奉自己的中年多么困难
不断升起的烟雾制造着话题
没有话题的时候就望望窗外
黑暗的运河在窗下日夜不息
沉默的拖轮像条大鱼一闪而过。

老夫妻

一对儿老夫妻，互相不搭理

沿着河边溜来溜去

得有多少年的厮磨

才能造就那样的若即若离。

那就是爱

细雨中，小区窗户的灯光渐次亮起

当他拖着疲惫的身子回到家里

在她无休止的责备声中

享用他的晚餐

并不知道

那就是爱。

危险的中年

感觉侍奉自己越来越困难

梦中的父亲在我身上渐渐复活

有时候管不住自己的沉沦

更多时候管不住自己的骄傲

依靠爱情，保持对这个世界的

新鲜感，革命在将我鞭策成非人

前程像一辆自行车，骑在我身上

如果没有另一个我对自己严加斥责

不知会干出多少出格的事来

尽量保持黎明前的风度

假意的客人在为我点烟

一个坏人总自称是我的朋友

我也拿他没办法……多么堂皇的

虚无，悄悄来到一个人的中年

"啊，我的上帝，我上无

片瓦，雨水直扑我的眼睛。"①

---

① 引自里尔克《马尔特手记》。

日常之欢

三月过后，挨过严冬的麻雀们
又开始在窗外的杏树上叽叽喳喳
我有时对它们的喧闹心存感激
感激它们为我演示一种日常之欢
新树叶好，菜青虫好，尾羽蓬松的
母麻雀好！洒在窗台上的谷粒
闪烁着无名的善。天啊，我这是怎么啦
我时常听到风刮过屋顶时像列阵的步兵
洒满阳光的床单下暗藏着铁器……

床头灯：致加缪

在旅馆的床上。我曾以为它是我们
可以依赖的某物，最终会接纳我们
但是没有。无论在空虚中升起的烟雾
汗水、泪水和精液，都没有被收容
那一晚我们在一家旅馆的床上，本想
演绎一场华丽的欢爱，但是我们搞砸了
你不停地要，我不停地给，你的空虚之处
正是我的满溢之地，我们都以为插入之后
一种希望就会重新升起，但是没有。
你的眼睛在黑暗中越睁越大，最终成为
一条黑暗的通道，我像在一片虚无的海上
独自漂浮的老渔夫，失败来得如此迅速
来不及收拾残局……你礼貌地送我下楼
我挥挥手，你在我身后打开了床头灯。

稀　薄

自由，以及自由所允诺的东西，在将生命
腾空，如一只死鸟翅膀下夹带的风

宁静，又非内心的宁静。一个虚无的小人
一直在耳边叫喊，宁静拥有自己的长舌妇

一朵野花，从没要求过阳光雨露，它也开了
一只蜘蛛，守着一张尺蠖之网，也就是一生

我渐渐爱上了这反射着大海的闪光的一碗
稀粥，稀薄也是一种教育啊，它让我知足

自由在冒险中。爱在丰饶里。人生在稀薄中。
一种真实的喜悦，类似于在梦中痛哭。

损 益

不知不觉的，像是一种荒废

如此来到人生的高处

不可能再高了

一种真实的改变已经发生

不是由时间所带来的

衰老或者流逝

而是在生命中的自然损益

接下来，要准备一种

临渊的快感了——

死亡微笑着望着你，那么有把握

需要重新发明一种死亡

以对应这单线条的人生。

厌弃：致里尔克

你爱过她，并且还爱着她
但这婆娘一直在惹你生气
你睡过她，并且从她身上
睡出了一片海，几乎还是个
少女，但厌弃感从不曾离去
爱是上帝从孤独中伸出的
一根稻草，只有薄情的天才
才能将这根稻草抓在手里
就像抓住闪电的尾巴
只有冷血的深情，才能离开
这些天使和尤物，婆娘和少女
她来了，像一头鹿在等待猎手
鹿眼里满是清纯和无辜
一个声音却在催促你离去
像大雪远赴群峰之巅——
你走后，闪电渐渐消逝于田野
黑暗如雨水一样被摊平了

致友人

不要去寻求读者。抛弃他们。

不要渴望理解。理解是死亡之一种。

写下的，不要让第二个人知晓，除非死者。

听到赞美声，赶紧捂上耳朵。

不要为荣誉写作，它们不配。

不要为监狱写作，监狱已人满为患。

当你听到揶揄和嘲弄，那就对了

你的冒犯得到了报应。

诗会飞，但不在天上

诗会游，但不在水里

诗会哭，是上帝赐给它雨水

诗会笑，是神灵赐给它嘴巴

为晾衣绳上的水滴写作吧

为G弦上的颤抖和满盈

为小女孩的眼睛写作吧

为温柔的地衣和婆婆丁

假如你曾留下了一些什么
那必定留在了死者的心里。

去教堂：致R·S·托马斯

我曾带一个女孩去教堂，你知道

我们的教堂里没有上帝

但爱在我们心间，希望神

能为我们的爱情做个见证

我曾以为爱就像一滴水融入

一场暴雨，在忘我与迷失中永存

不，不是的，神对我们的爱情

视而不见，因我们都只爱一个人

并希望被爱得更多，然而她

一个虔信的教徒，却一心

爱着我，既没有告诉神，也没有

告诉过任何人，包括她丈夫。

世界的本质在于解释

世界的本质在于解释。想想看，如果
耶稣不曾存在，如果叔本华、尼采
不曾存在，或者一些新词未被命名
世界是否会有所不同？痛苦
也是一种解释，包括死亡的阵痛
你看到电视上在播放一则车祸的
消息，春游的大巴侧翻，死伤
几十名小学生，紧接着就是搜寻
失联客机的消息，今天的消息依然是
没有消息。多么可悲的世界，你顺手
关掉电视，世界瞬间恢复如旧，窗外
阳光灿烂，车水马龙，一切运转正常
你端起一碗新鲜的草莓，往嘴里轻轻
扔了一颗，第二颗，你试图咽下去
却噎出了一脸泪水。

在期待中——里尔克在慕佐

塞尚在他生命的最后

三十年，一头扎进工作里

他清楚，任何一点俗世的羁绊

都可能毁掉一个天才的一生

他甚至没有出席母亲的葬礼

以免失去一个工作日

而瓦雷里却有毅力将一段

长达二十五年的沉默插入

他最初的荣誉和最后的成就

之间，这其间，他研究数学

做庸碌的公务员，以便练就

一种静息般的克制

就这样，我也来到这里

在期待中领受孤寂的教益

神恩不降，孤寂便没价值

天使不来，记忆中的情人

也没有意义，和那些同样

不具意义的玫瑰在一起……

树活着

一棵树，那么简朴而安静地活着
也生根，也结果，也与四季同调
但那种无欲无求的淡定，就像是
另一种活。人做不到，鸟也做不到
幸运的树可活几千年，而不幸的树
倒也没有什么不幸的感觉。

轨　道

窗外下着雨，人行道上的女孩
头发湿漉漉的，不时侧过身来
在男孩的脸颊上轻轻吻一下
男孩背着包，双臂环抱，伸手
在女孩的屁股上捏一把
隔着玻璃的哈气，看不清外面
但有一种青春的快意洋溢其间
还有某种似曾相识的失落的残余
一些美好的东西并不一定拥有
一些美好的人也只是短暂相遇
唯有自身的罪过会跟随一生
自身的罪，以及一些难言的隐衷
隐秘如房间里不绝如缕的钟表声
嘀嗒，嘀嗒，嘀嗒，像一列火车
静静地数着轨道上的枕木。

仍然爱：致卡夫卡

你们爱着这个天才，并希望

将他从黑夜的写字台边拉开

而这个人已经死了

死在了他独自经营的洞穴里

可你们仍然爱着他

仍然这个词真好

如荷尔德林所言

这样爱过的人，其道路

必然通向诸神。

致毛子

一些人体内有杨柳，另一些有

刺槐，有石化的骨殖，不必强求

约伯说，我看到恶人发旺，他们的

孩子欢然奔路，享尽高寿而亡

将雷埋在诗里，不如在她唇上种花

伸手不见五指的时代，五指仍在

让美丽的少女去解放全人类吧

让沉醉的酒鬼去虚度光辉岁月

当少女们变成婊子的那一刻

我也正从少年变成一个恶棍

收敛自身的光，爱不及物的爱

在我们自己身上，克服这个时代①

① 尼采语句。

收 获

为了一朵花，我杀死了虫子
在某种意义上，我是不仁的
但那朵花赞美了我

为了一个小贩，我谴责了那税吏
在某种意义上，我纯属多管闲事
但那小贩喜悦了我

不砍掉这棵树，我们就没有炉火
不割掉这片麦，我们就没有食物
不杀掉这头羊，我们就没有祭祀

凡喜悦和赞美皆是一种施予
死亡和罪过才是真实的收获。

无中生有

一粒种子撒进土里，结出一颗穗来

一朵花接待完蜜蜂和蝴蝶，结出一颗果来

一只羔羊在河边啃青草，它吃呀吃呀，最后

被带上我们的餐桌

她在晚餐前双手合扣，双目微闭，口中念道：

感谢主赐下的阳光和雨露，使地上产出丰美的食物

也求你为我们洁净这食物，阿门！

我突然理解了这无中生有。

荣耀——赠小玲

他召集众人修一座向下的通天塔
有一天，国王的人马踏平了它

他想为鸟儿重找一种飞翔的方式
他想为鱼儿重建一条呼吸的通道

他将道路修在空中，国王派来一阵风
他将道路建在水上，国王派来几头鲸

终于，他没力气再修，但在内心深处
他为自己修建了一座不可摧毁的道路

他失去的，正是他所得的
他失败的，正是他荣耀的

只有在众人沉睡时

只有在众人沉睡时，夜鸟才会归林

只有在众人沉睡时，河流才哗哗流淌

只有在众人沉睡时，大地才轻轻翻身

只有在众人沉睡时，巨兽才开始打鼾

此刻，北方的大城熄灭了全部的灯火

所有的喧嚣汇成了夜虫的合鸣

雾霭虽未散尽，星空就要乍现

那上古的国在这一刻突然降临

这世界怎么啦

是谁将羊群赶到白云上吃草
是谁将马群赶到大海里饮水
失去土地的农夫在屋顶上栽种土豆
权柄在握的官吏在鼠洞里点数金钱

行乞者啊，不要去富人的门前乞讨
冤屈者啊，不要到法院的门口喊冤

世界，请安静一下，听听
这只狂躁的蝉有什么冤情
它从早晨一直叫到了晚上

一个人来过之后又走了

一个人来过之后又走了

他来得偶然，走得突然

而某种必然性又蕴含其中

总之，谁能说得清呢

当他来到我家，端起

那只杯子喝茶，搬来

那把椅子坐下，某种形象

已固定在世界中——

他不在了，但杯子还在

张着虚无怀抱的椅子还在

以及那个人形的空洞。

让我在生活的表面多待一会儿

天空的湖泊，风与树的友谊

兄弟般的争吵声渐起于厨房

远处，两只灰斑雀分享着晚餐

一个女人绕过她被拆毁的围墙

在一片葵花田边撩起裙子撒尿

美妙啊，大地承载着这一切

将这鲜活的内脏翻腾到表面

安静！一个声音在高处命令

数不清的嘴同时叫喊：安静！

美妙啊，这民主生活的安静

王制的喧哗，诗人的哑默。

出　离

一阵小雨，室外的青石板被浇得透亮
借助昏暗的灯光，将一只入秋的蚊子
拍死在玻璃上，不错，细雨沙沙掩起了
多少麻烦事，感谢上帝赐我这一时之安
让我在那鼠尾草淡淡的苦味中出离肉体
想那面对雪山的修行者终将找到他的神
而平原上夜行的浪子也许会遇见他的鬼
我总不至于找不到你吧，只是需要经常
出离自我去寻找，明白了这一点，也就
明白了这屡次雨中出离的意义：我和你。

大声喊

我听到楼下一个孩子在大声地喊：
爸爸——，爸爸——！
我不知道他喊爸爸干什么
也不知道他爸爸在哪里——没有人
应答，但这呼喊本身就已令我感动
大声喊一个高于自己而又融于自己
的人，就像在喊他的上帝。

我歌颂穷人的酒杯

我歌颂穷人的酒杯，用黄土、红土

黑土抟成，盛米酒、黄酒、高粱酒

宴大舅、二舅、姑父、姨夫、表叔

杀鸡、挖笋、抓鱼、蒸馍、煮肉

过午始饮，酒过三巡，开始商议

表姐的婚事、姑妈的病、二舅的腰

日近黄昏，大舅已醉，套上马车

发动摩托、登上三轮，众人散去

星光、大地，安谧的乡村，榆木桌上

散落着鱼骨、猪耳、鸡头、羊尾

几只酒杯歪斜着，那么热烈、谦卑。

是真爱

他又老又丑，你以为他不配
得到她的爱，你错了，当她
在他臂弯上轻轻一倚，那种轻柔
如同一只猫在花园的瓦罐里饮水
——她爱上的是某物，是未来
是少量的现在，是真爱。

通过一次伟大的胜利

"你见到过上帝吗，贞德？""见过。"
"上帝允诺你出狱了吗？""是的。"
"那他允诺你在什么时候出狱？"
"……通过一次伟大的胜利。"

"其实我从没见过上帝，哥们，"他
对我说，"但有那么一两次，在狱中
我确信我听到了上帝的声音……"他
眼角上有泪，但努力不让它流下来。

在回家的路上，他扭头看着监狱铁门
像在回望一座教堂。还会有希望吗？
会的，这条路很容易，只要你艰难地
下定决心……并通过一次伟大的胜利。

人间的声音

小巷里的灯光在黄昏时亮起
冒着雪归来的人们打开家门

只有回到家里，才算回到自己
只有回到厨房，才算回到婚姻

此刻，降雪的声音是天上的声音
做爱打孩子的声音是人间的声音

此刻，最动听的是小教堂的钟声
最婉转的是童年的树袋鸟的鸣叫

有一种声音，胜于世上任何鸟鸣
那是她在卫生间咝咝小便的声音

秘　密

"因为掩盖的事没有不露的，

隐藏的事没有不被人知道的"①

真的是这样吗，我的上帝？

那又该如何来解释此刻那个

躺在马路上的人，当他下班

骑着车回家，车筐里还放着

刚买的活鱼，就被一场车祸

夺去了生命，他着意掩盖和

隐藏的那些秘密，也许只有

您知道了吧？您是世上的光

而我们的爱却存在于阴影里。

---

① 《新约》马太福音10：26。

小银莲花——读周公度《忆少女》

在色情中，想象力是一种天赋
还是爱的极欲表达？在相互的
交付与索取中，穷尽的概念
能够自明吗？纯洁与色情如何
完美地体现在一个少女身上？
欲望在那灰烬的中心能否再度
燃起爱？这一切都无可言明
当你们拥有彼此的时候，一种
向死的冲动总是超越了爱，就像
有些人通过爱死亡来爱自己。
如此我想象着，那个黄昏，你们
委身于彼此，仇人般地撕扯着
相互馈赠体内的充盈与不满
仿佛一台不断加速的小汽车
你不断地换挡，她在你身下
不停地加速，你们共同驶向
悬崖与深渊，直至在黄昏淡淡
的光线中，她的性器像一朵

小银莲花一样在你眼前绽放

——一种因在白天过分盛开

而在夜晚无法合上的花。

交付：致薇依

这个笨拙的天才一生只为

一件事活着：如何完美地死去？

因为生是一种重负和愚蠢

而爱也并不比死亡更强大[①]

但死亡只有一次，需要倍加珍惜

吃是一种暴力，却是生的必要条件

她曾在信中焦灼地问母亲

熏肉该生吃还是煮熟了吃？

为了取消吃，必须通过劳作

消耗自身，让肌肉变成小麦

当小麦用来待客，就变成了

基督的血。性是另一重罪孽

你能想到，她制服里的身体

也是柔软的，但不可触摸

她缺乏与人拥抱的天赋和勇气

在西班牙，当一个醉酒的工人

吻了她，她顿时泪如雨下……

她圣洁，寒简，以饥饿为食

而这一切，都只为，专注地

将自己的一生，交付出去。

---

① 薇依："要论爱比死亡更强大，是不真实的；死亡更强大。"

沉 入

暗夜里一轮弯月，以及
被凛冽擦亮的星群、星座
大地上，寒风簇拥着村舍
点点灯光透过窗户，呼应着
天上的秩序。我夹在两者
之间，一种不上不下的悬虚
活着不应该迎向那道光吗？
该如何沉入这种地久天长？
这些天来，每当夜晚来临
总觉得身后有某种东西
尾随而至，因迎向那光
我已被一个影子跟踪多年
既非恐惧，也不是听候召唤
而是一种狐疑，来自黑暗中
无由滋生的不确然
而当晨光熹微，一种蓝光
穿过光秃秃的树枝，不带
任何暗示地，充盈我的眼睛

一种重生的气息仿如复活
想想，如果这一生的归宿
只有一个，那又何言恐惧？
要有光，只要有光，然后
放心地沉入这黑暗里。

在猎户星座下——给于坚

那天清晨，我们驱车来到雪山脚下，枯草上结着霜

玉龙雪山被一条带状云缠绕，只露出祂雄性的、基础的部分

你指给我看，喏，山，仿佛因过于硕大而变成了"无名"

我说我曾经看到过祂，那是在黎明时分的树杈间，迎面撞见

如一块熊熊燃烧的煤，一颗在天空怦怦跳动的宇宙的心

你也是用这样的口气，喏，是祂。是祂。隐没着，像个大神。

只有北风在祂的脚下呼啸着，吹响死者的骨头，像是那种

越过海岬之后所遇到的最广阔的风。我们站在神山脚下，仿佛

整个陆地都在下沉，周围是一种兽群般沉重的喘息

一个平原上的写作者，终于解除了自身的枷锁，匍匐在

空气稀薄的高原上，神山让高原也谦卑、隐伏下来

必须转向群山，"群山会给我们以帮助"（《马太福音》）。

而在群山之上，有一种更高的秩序，你指给我看

山的西南方向，那是猎户星座。但群星隐没，就像

洞见者发现的一个空无——而我们知道祂在：一种秩序。

多年来，我们依靠平原上的事件活着，那轰鸣的生活

总是被一些小词填充着，被一些道德律点缀着

我时常以为那就是力量，现在好了，为了摆脱统治，我们

受雇于一个更大的秩序——头顶的星空，和星空下的诸神
作为方向和基础，高寒的智慧，几乎是平静，一种愤怒
被消化了，像素食，我认出伟大如同渺小，秩序如同无常
我喜欢这些匍匐在星空下的雪山，雪山下的人群，人群
脚下的枯草，干净，朴素，弱小，毫无雄心地自爱着
现在，我也学会了像个散淡的大师，在众人喧哗时
选择沉默，时而露出释然的微笑。哦词的晚年。温润如玉
　的晚年。
但夜晚依然年轻啊。夜晚笼罩着我们，带走我们黎明的情人
审判也正从我们手中滑走，虚无如同大雾在海上生成……

可怜见

没有孩子，我们还可以偷一个，买一个
没有灵魂，我们还可以租一个，借一个

没有房子，我们可以去抢，去要
没有敌人，我们就没有公共生活

凡攫取的，就给他吧
凡得到的，就给他更多

保罗说，我知道怎样处卑贱
也知道怎么处丰富，或饥饿

因攫取者，在为自己掘更深的墓
因得到者，才会有更大的不满足

绝望之为虚妄，正与希望相同

撒下一粒种子，抽出一颗穗来
必要的前提在于那种自我湮灭

雨落在沙上，变作沙的一部分
光落在暗中，却没被黑暗吞噬

爱情通常不是结束在通往法院
的路上，而是在无神论的厨房

黑暗对夜的无知就像我们自己
对自己，一个黑暗肉体的居民

相信清风和统治是一对好邻居
爱邻舍，这是我们浪漫的开端

无　端

请原谅，请原谅，端着一杯
冒着热气的咖啡，我止不住想说
请原谅

他们的死与我无关，十二个农民
齐刷刷地躺在报馆门前的
雪地上

家是一个可怜的自治区
帕斯卡说，人类所有的不幸就在于
不能安分地待在家里

然而我依然对这无端的死亡感到抱歉
他们死于集体伸冤，死于集体
死于深渊

只是那些雪让我惊讶，那些雪
先是霰状，继而，像一阵

红雾

以个人的名义

今天，太阳以感冒的名义请假
躲进了云里，风一吹，天空
便有了大海的气质

今天，月亮像一张黑人的脸
而雪花也只是作为雪花在落下
甲甲甲，乙乙乙

今天，我想以个人的名义，为世界
重新安排一种秩序，比如说
就让雪花甲等同于雪花乙

一个人不伟大，不被很多人
知道，没有被描述的存在感，这是
多么他妈的正常，就像

一片雪花，一千片雪花，漫天的雪花
共舞于一场暴风雪里……

鸟儿们是自由的吧

鸟儿们是自由的吧？我看到它们

在风中翻飞，在花丛和树冠里穿梭

我看到它们筑巢于房檐、塔尖、枝柯

我看到它们求偶、交配、养育后代

上帝给了它们翅膀，就没给它们双手

给了它们尖喙，就没给它们牙齿

给了它们利爪，就没给它们双腿

给了它们歌喉——但上帝也给了我们

为什么每次听它们唱歌时，我却想哭？

死在撒马尔罕

这个草民已在绝望中生活了很久，
上帝给了他三个孩子，算是安慰。

他希望孩子们能够比他过得好一点，
至少一点点，比如有饭吃，有鞋穿。

至于他自己，好坏已经无所谓了，
只要有酒喝，就会有好的睡眠。

那天他带着孩子们出行，也是想
找个生路吧，让火车带他们去远方。

就在家乡的火车站，他遇到了来自
撒马尔罕的死神：一颗赴约的子弹。

关于撒马尔罕的故事，让·波德里亚
曾在书中讲过，我不妨在此重述一遍：

国王的士兵在市场的拐角遇见了死神
赶紧跑回王宫，要国王赐他一匹快马

他要趁夜色跑得远远的，以避开死神
直抵遥远的东方圣城撒马尔罕。

国王召见了死神，责备他不该威胁
自己的部下，死神说，我没想吓唬他

他跑这么快，我也很吃惊，事实上
我们的约会定在今晚，在撒马尔罕。

父与子

我还没准备好去做一个十七岁男孩的父亲
就像我不知如何做一个七十岁父亲的儿子

十个父亲站在我人生的十个路口，只有一个父亲
曾给过我必要的指引
而一个儿子站在他人生的第一个路口时，我却
变得比他还没有信心

当我叫一个男人父亲时我觉得他就是整个星空
当一个男孩叫我父亲时那是我头上突生的白发

作为儿子的父亲我希望他在我的衰朽中茁壮
作为父亲的儿子我希望他在我的茁壮中不朽

我听到儿子喊我一声父亲我必须尽快答应下来
我听到父亲喊我一声儿子我内心突然一个激灵

一个人该拿他的儿子怎么办呢，当他在一面镜子中成为父亲

一个人该拿他的父亲怎么办呢，当他在一张床上重新变成儿子

我突然觉得他们俩是一伙的，目的就是对我前后夹击
我当然希望我们是三位一体，以对付这垂死的人间伦理。

脏 水

他喝茶的时候，她正在将厨房的门关闭
看看天色已晚，又将晾晒的衣服收进去
当经过他身旁时，她看了看茶壶，是满的
她的心也是满的。她那么依赖他，而他
却那么无赖，她像一个稍有不忍便会
失声痛哭的人，你能从她的嘴角感受到
那种无力。有时她也想将生活像脏水
那样泼出去，泼出去，但想要再收回来
可就难了，毕竟，生活还需要这盆脏水。

受难天使

每个女人都注定会遇上很多
麻烦事。你看这女孩可爱吗？
嗯，很可爱，那么乖巧、懂事
见到每个人都主动叫一声叔叔
或阿姨，就像个小天使，照见
我们的腌臜与蹉跎。但她也会
遭遇难测的命运，在这个无神
的国度，不是每个女孩都能成为
贝娅特丽丝或抹大拉的玛丽亚
但每个女孩都将成为受难天使
成为所多玛和蛾摩拉的伟大献祭
她说起，有一次，在公交车上
一个老头用手托着丑陋的阴茎
戳她的屁股。很恶心，不是吗？
"不，是怜悯。"

讲　和

我发明了一种和这个世界讲和的
方式：背对它，不理它，干煸它

我曾举着灯，却只发出一小片光亮
我的灯越亮，前面的道路就越黑暗

我曾寻找稻草，那最后一根救命的
稻草，也正是压垮骆驼的那根稻草

我紧盯着一道光，直到眼前一片黑暗
狱中的自由吓坏了我，自由如此新鲜

记住一个影子吧，不让它随光消逝
记住一段音乐，不让它随耳朵流亡

这是一个厕身的时代，谢谢你耶稣
谢谢你尼采，让我混蛋但不必绝望。

安　慰

每当我充满过失、涣散、疲倦而失神地

回到家中，需要一个无用的基础时

她就将臀部轻轻翘起，像一座铁砧

让我在上面锻打一枚枚钉子

用这些钉子，我将周围的空气钉紧

而有时，她也需要一场暴力的安慰

就像一块烧红的铁插入水中

她愿做那盆水。

| 辑四 | 民国镜铨 （2012）

行者·饮冰

岸是革命的床。1898年的那场雨

逼我远离，菜市口如同一面铜镜

为羞愧的远行者送别。

天下事，非燕安暇豫之可得

没有亡秦必楚的决心，不仅

无以成死者，也无以成行者

当一只东洋大鲵载我远渡

风雨灯飘摇在船头

彼岸风景迷人且虚无

东洋的歌声嘹亮，哦死亡的加速度

醉人的加速度

那种催促，那种改过自新的煎熬

将我劈成两半——

吾爱吾师，吾更爱真理、美人和枪

再一次，当我回到岸上

饮冰，履霜，含章，直方

人生的屡次低徊，都像一条历史的

死胡同，在最完美的绝境柳暗花明

故国埋人啊，每天躲在垂死、忧患

和夕阳里，等待那艘亡国的酒船

是该向晚霞说再见的时候了

老树们因不再相爱而加速了衰老

整个华北平原在蒸煮一条结冰的鱼

革命是一把左轮，中医却偏爱右肾

老夫命中注定，死于三月二十七日

可怜松坡命短，而徽因她还小

美是美人的杀手，历史的夜航船

将载着多少传奇，寻找新的彼岸。

刺客·沪宁车站

那身穿黑色燕尾服的年轻人

将是今晚的主人，看他们谈得

多么尽兴，仿佛历史已加速晃动

今晚他们就要北上，而我的使命

是让那个年轻人就此永恒

我是谁，这并不重要

我可能只是黑色火药上的一点火星

我们无冤无仇，但一颗自己人的子弹

跟他过不去。

外面在下雨，火车的白色蒸汽

制造着民国的烟幕

远处的街灯昏暗，一双眼睛

在酒杯和乳房之间盯着我

还有时间，还可以饮下这杯清酒

瞧，他们出来了，这帮跟民国一样

年轻的先生们，就要成为今晚新闻的主角

我把酒杯轻轻放下，那一瞬间

侍者的眼中闪过一丝惊诧

沪宁车站人群涌动，一株木槿

在雨水中刚刚绽开绿意

多么美好的人间啊，我对着那年轻人

的背影，轻轻扣动扳机——

"九泉之泪，天下之血。

老友之笔，贼人之铁！"①

哦，上帝，多么美丽的一朵恶之花！

---

① 于右任所撰宋教仁墓铭。

上街吧，青年

昨夜的雪让黎明的江南增加了几分无畏和疏远。

几只狗踏着雪穿过飘满印花庭院的小镇。

我听见沪宁道上的风宣读着判词，而国家的囚车前闪过一
　　张张年轻的面孔。

又一个无用的、深埋的夜晚！我没想到我的诅咒根本无力。

他们依然在用王法为我辩护，用初生的理性和不满。

已有人为我准备好奉承，只等我向良心的法庭投案自首。

他们说我是个人物，是个人物，为何我却在这五步之内看
　　到了一头满脸沮丧的困兽！

还是来分享这监狱内墙的风景吧，这才是值得一试的生活。^①

唯有囚徒才配享自由，也唯有对手才可以给我尊严。

上街吧，青年！你看这雪后的人间是多么的干净，麻雀的
　　惊慌是多么的美。

上街吧，青年！你看孙打败吴吴打败段……这世界一直在
　　几个兄弟的手中轮转。

上街吧，青年！那沉睡的巨人在吞吃你的梦。死亡在剥开
　　无尽的同心圆。

上街吧，青年！没有哭过的灵魂得不到祝福，没有飞过的翅膀抵达不了云端。

---

① 陈独秀名言："我们青年要立志出了研究室就入监狱，出了监狱就入研究室，这才是人生最高尚优美的生活。从这两处发生的文明，才是真文明，才是有生命有价值的文明。"

266

1919·致先生

他们已经去了，先生

此刻他们已穿过了前门大街

他们穿过御河桥进入了石大人胡同先生

他们去了但他们中途遇到了铁

他们遇到了铁先生他们遇到了沉默

他们去了他们几乎是哭着回来

他们走到了光明不曾存在的地方他们遇到了火

火吞下他们的影子但有轻柔的雨洒在老屋顶

他们走散了他们彼此寻找并再一次集体哀悼

你知道他们在哀悼什么吗先生

他们在哀悼体内那盏禁欲的灯

他们在哀悼无法奔跑的水泥膝盖

这时代的赌场在重新洗牌先生

而我们的青春都快要输光了

你看这四月仍有严霜的气息

一束老年之斑开放在私语的塔尖

我们被老灵魂们照顾得太久了

狼毫上一直在滴着先生们的血

而那自老年的昏聩中修得的安宁

我们终将得到，先生，我们终将被馈赠。

那五·清朝的月亮亡了

你们还能看到月亮吗？

清朝的月亮已经亡了！

昨夜我在墙头看到的那枚月亮

怎么看都像乱党

只有诗词里还有一轮满月

只有满月的孩子还有一张笑脸

星星们都开始起来造反了

清朝的月亮彻底亡了！

小翠也已被她的兄弟接走

他们驾着驴车，穿过米店和当铺的玻璃

他们走远了，汇进了一场葬礼。

他们不仅放弃了爷的锦袍、蛐蛐和白癜风

还放弃了银子和前程！

而她留在我耳边的那一串轻唤

依然像一罐银子那样叮当作响

清朝的月亮亡了

连诗词都不愿再裹小脚

连加减乘除都拿起了武器

亡了，唯西山可栖残月

唯府中青杏尚可招呼——

快拿爷的灯儿和枪来

烟枪有多长，爷的梦就有多长……

小休集·读《双照楼诗词稿》

今夜，悬窗就像半尺宣

写满了判词和七律

诗乃狱中绝学，不坐牢不知

人生该押什么韵

黄昏，牢头送来伊的一行泪

季子平安否？

现在终于平安了

平安地等待人头落地

民亦劳止，汔可小休

这夜半的残月

如你十七岁的腰身

陪我最后的温存

余平生之志

扫叶吞花，总是

激情有余，而历史之偶然

宛如半夜的一泡屎①

让多少英雄折腰

今夜我们且小休

让扫北的落叶独自飘零

待钟声鞭挞朝霞时

一颗少年的头颅

将为你献上深情一吻。

---

① 1910年4月2日夜，北京鸦儿胡同的一个居民半夜出来拉野屎，偶然发现有人在石桥下
活动，报官，汪兆铭行刺摄政王事遂败露。

新月派·撞山①

你看，我最终还是飞向了你

天空才是我们的床……我听到风

被邮政的美切开，一种江南银器的

刮擦声，一直响在耳畔

终于逃离了那绿手掌的追讨

这溃败的一半，在将我撕碎

我是天下美人负心的骑手

我将代表历代才子去爱你

而爱就是一场催眠，北平啊

想起那撕碎信物和照片的雨夜

何妨将爱过的人重新再爱一遍

但雾太重了，山在向我聚拢

如倦鸟投林般，云中铁

一次次做着完美的空翻

短时的恍惚，几乎可以确信

我来到了一片光明之地

那里，已有人在墓中为我点亮灯

爱真是一场伟大的催眠啊……

我睡了……他们说雨在外面哭

我听不到了听不到了……

---

① 1931年11月19日，徐志摩搭乘中国航空公司"济南号"邮政飞机由南京北上，他要参加当晚林徽因举办的一场建筑艺术演讲会。当飞机抵达济南南部党家庄一带时，忽遇大雾，飞机撞上白马山（又称开山）。机上三人全部遇难，徐时年34岁。

气节·批三国

1937年，周作人教授拒绝南下
他的理由是：他得照顾鲁迅的娘

而陈散原已经走不动了，在北平一病不起
但拒绝服药，他宁肯死在一片亡国的落叶里

陈校长援庵独在城楼口占："登临独恨非吾土"
越登高，就越有往下跳的欲望

小汉奸胡兰成在温州城嘀咕了一句：
"汪蒋毛，也可作三国看。"接着就泡妞去了

问题是，气节怎能随节气而改变？
东洋的马刀已切掉多少文人的阴囊

唉，文人都是酸的，而国运多呈碱性
这时代，也许多做爱才能少犯错。

怀霜·多余的话

天空的深渊已经挖好

阳光像急雨直下

向蜂鸟那令人目眩的悬停

向三十年来垂死的道路

挥手告别——

现在，我们可以走了

走着走着，道路就立了起来

三人组成的行刑队

在围捕我们的主义

已忍伶俜十年事，心持半偈万缘空①

书生错了，书生不该持杖

全人类的导师，就此别过

此地甚好，这里有雨的微醺

有吞吃年华的块菌

且让我去填满那食人的深坑

同志们，除了牺牲，我们还能怎么办？

我说开始，我们就一起往下跳——

———————————
① 瞿秋白狱中绝笔诗。

安魂曲·为无头的人称量一斤稻米

火，从历史的静脉寻仇而来

我们被指着说：你，为什么不去打仗

火不说谎，就像积弱的枪托射不出爱

我们奔突于头皮发麻的宿命里

与每一块焦土搂紧了亲热

没人帮我们死，我们就自己去死

舍弃前妻的爱，舍弃无人称的爱恨交织

任乡间的田产被乡亲们占据

任母亲的床越来越抽象

我们，无头的人，在挽救一个破碎的国

任历史在山沟里被屡次改写

而死者的代表终将举起手来——

今夜，请每一个无头的墓碑

前来认领一个名字：无名

那走成背影的人，终将被前人哀悼。

雅舍·局外人

革命在窗外，我们在床上，
夏日炎炎像一支非洲的军队。

雅舍的黄昏总有脂粉的浅笑，
午夜的电话像一场沦陷的夜哭。

要知道鲜花已和牛粪结盟，
坏人也可能来自我们中间。

要注意刀子从书里冲出来，
借出去的仇恨终得归还。

关于阶级、抗战和第三种人，
就算我没说，公道自有春秋。

还是去爱吧，一个声音说，
只有爱情里还有货真价实的眼泪。

那丧家的、资产阶级的乏走狗

独自升起一项盲目的帐。

野百合·解放区的天

从一朵遭秘密审查的云开始
解放区的天在一阵雷鸣中自新

天空清新得像刚刚哭过一样
一颗孤单的头颅在井底眨眼

当我向革命致以野百合的敬礼
一口枯井便成为我苦难的天堂①

一把犁耕过，一列队伍踏过
这是一片更换了主人的土地

没人知道我的下落，我只存在于
革命的角落里，刽子手的噩梦里

但革命没有刽子手，就像鲜花
没有对手，天空没有主人

革命就是一道南墙啊，只有撞上去

才知道，你才是自己最大的敌人。

---

① 延安整风时，青年王实味因《野百合花》一文被捕。1947年7月1日，队伍东进，康生
下令砍了王的头，弃之于枯井之内。

要有光·墓中回忆录

"——我听见斧头劈开枪托的声音

我听见一阵杂乱的脚步声穿过广场

我听见有人轻轻推开沉重的墓门

那身穿缁衣的青年带着北方的冷

带着熄灭的灯前来借取火种

难道至今天还没亮吗？

难道世上的光已被野兽饮尽？"

"——我们在空旷的墓中待得太久了

藏身于全集，被历史的黏土重塑

再没有人紧跟死者的脚步了

再没有人用我们的嘴说话

我曾深陷于那地上的光

但光照见的全部是黑暗！

我早该告诉他们，世上本有路

走的人多了，也便没了路……"

"——跟他们说实话吧，告诉他们

我们不是导师，不是方向
只是两颗孤独的骰子在世上滚
我们的脚已生根，头发长成光明的树
告诉他们唯有那头顶的光是对的
请信任那光，朝上生长吧
不要在我们的墓前哭泣和索取。"

"——但他们仍然爱着你，当你
从枪声中离开，你走得有多仓皇
他们就有多爱你。该怎样提醒他们？
当我沉默的时候，我感到充实
我将开口，同时感到空虚……
这么多年，我做的唯一有效的工作
就是离黑暗更近了一点。"

"——对青年，似不必绝望于虚无
告诉他们，去追求你个人的自由
便是为国家争自由……但他们转身
就开始谩骂，我知道这骂声里有蜜
我承认，我们还走不出这气候。"

"——如果是我，便一个也不宽恕！"

"——但宽容总比自由更重要。"

"——他们至今还在讨论着我的生与死
生从来都不是问题，关键是死——
是死在咳血的路上，还是死在一片掌声里。"

"——我记得你死在租界偏僻的小巷，
月亮清冽，仿佛那年元月雪。"

"——你听，今夜的雷声又在查抄谁的著作，
那翻墙进来的，是行者还是死者？"

"——我曾看到窗口有灯光亮起，
似有流亡者回到家中。"

"——还有几只驯服的鹰在站岗放哨，
两个身穿雨衣的人在街头拉琴。"

"——终于有人从白话文里揭竿而起了，

只可惜至今还未有伟大的事物出现……”

尾声·煮沸的生活终于凉了

煮沸的生活终于凉了

出租面具的人

忙着更换政治的假面

有人躲在世上的某处哭

有人在风中搬动地平线

历史就像一盆浑水

等待恶人前来改写

我们安于蜂箱里的秩序

等待那被我们打倒的人

重新在我们身上站起来

只有这分崩离析的时刻

才向我们裸裎了

命运的本质

不过是一场轮回或戏剧

愤怒曾让我勃起

让我想操这个世界

而眼下的这场胜利

为何总有一种失败的感觉？

2012年7月至12月

| 辑五 | 灰发证人 (2013)

灰发证人 [组诗节选]

"我请求你们，诗人和作家们，承担起祭师和先知的使命。"
　　　　——[俄] 索洛维约夫

I

不朽

那自冬眠的黑森林起飞的双头鹰

旋落，在彼得要塞高耸的塔尖上

一只眼睛朝向黑暗如眼神的波罗的海

一只眼睛盯着长满荨麻的砾石旷野

就让我们从这只鹰眼里观察：谁将不朽？

靠近北极的太阳不朽，高高的

绞刑架不朽，绞刑架下的黑雪不朽

被黑雪掩埋的金蔷薇不朽，头戴

蔷薇花环的少女不朽，少女的羞涩不朽

羞涩如初恋般的诗句不朽——你将不朽！

"普希金是道路，是方向。"世界

如一颗废弃的鸟巢，全部的不朽

就在你的诗行里——针叶林般的良心

当眼泪如一只梨滚落在少女们安静的

脸庞上，安魂曲和欢乐颂同时奏响

一个世纪开始了。

高墙

"少女跨过了门槛———道闸门

在她身后沉重地落下……"

——向屠格涅夫的《门槛》致敬

"是什么给了你走进来的勇气？"

"是失踪者留在雪地里的足迹……"

"现在，你是否感到了一丝悔意？"

"不，我安于这自由为我修建的牢狱。"

"这里还有饥饿、死亡、嘲讽、隔绝……"

"我听见夜里有仓鼠啃食铁栅的声音。"

"墙很高，不会有谁来看望你。"

"你们不可能给所有的鸟带上镣铐。还有风。"

"没有纸，没有笔，甚至都没有计时器。"

"太阳是我的顺时针，月亮是我的逆时针，

牢狱的内墙是一本旧俄历。"

"知道吗，你外面的朋友们早已星散了。"

"不，他们会在风中重新团聚。"

"但是，再也没有人知道你的消息了。"

"风路过时会告诉树叶。鬼魂会告诉梦。"

"现在，你还想说些什么?"

"我要吃呀，妈妈! 给我炖一锅牛肉，

煨一锅羊肉，煮一锅猪头，再熬一两瓶

猪油……我要吃呀，妈妈!"

道路在雪中

请帮我把窗子打开，这倾斜的街道

通向别林斯基的墓地。雪太厚了

容我用最后的咳血回答你的质疑:

春天是一个罗马，但道路在雪中

我们是祈望打倒这场雪，还是等待

春天融化所有的道路? 相信春天始终

存在，积雪的黑暗就是我们内心的黑暗

我们在雪地上见到过太多失踪者的足迹
夜真黑，那么多行人，将积雪的街道踩脏
我们必然要经历这泥泞，要以化雪的心情
静静等待，并祈祷，融化我们内心的积雪
透过这扇打开的窗子，我能看到远处的
火车站，两条平行的轨道通往一个方向
平行，但不交叉，时代的扳道工为我们
定制着目标……你听到晚来的钟声了吗
现在，我要走了，那咳血的友人在另一个
世界等我，我们必将相遇如落花和春风。

复活

曾经，我死得多么深沉啊，当我
身穿尖顶风帽的白色殓衣，站在
行刑队前，瞄准的口令下达时
另一个我已经诞生。我嗅着空气里
死亡的味道，才猛然记起
灰椋鸟的鸣叫是多么动听，阳光下
少女们的微笑是一种多么深刻的善
为此我不得不感谢行刑队的恩赐：

装弹药——啊愉快的童年，举枪——

一只在树篱间穿梭的鸟，瞄准——树巅

那高耸的塔尖上闪烁的阳光……要是

能不死该多好，要是生命重新来过该多好！

　宽恕吧，痛苦，宽恕吧，眼泪！

我想我就要走了，为什么马蹄声

越来越急！当沙皇的侍卫从流放地

重新带回我的头，像滂沱唤醒一场骤雨

世上的哭声多美啊，我多想哭死在福音里！

忧郁

难过极了，这雪雾。

大片失眠的天空。

车辕上飘摇的风雨灯。

无力感在加剧。

像车站尖顶上的风。

一生只死一次是可耻的。

穷人的肥胖真让人烦恼……

　　凌晨5点不到，他就吩咐车夫套马，带上日记、铅笔和羽毛笔，匆匆离开了庄园。他希望自己的老年能够像印度人一样离开家庭到森林里去，"任何一个有宗教信仰的人到了晚年都想一心一意侍奉上帝，而不是去嬉闹，搬弄是非，打网球。我也一样。"他在出走那天夜里写道："我的做法与我这种年纪的老人通常的做法一样，即抛弃俗世生活，以便独处，在一处僻静的地方度过一生最后的时日……"他要像一头自由的野兽，为自己寻找一处干净的死亡之地。他逃到奥普京修道院后，因已被革出教门，他怕自己不被接纳。站在修道院院长居室的台阶下，他脱帽伫立，不敢贸然进去，先请人传话："请您说一声，我是列夫·托尔斯泰，也许我不能进去吧？"院长迎出来，张开双臂说："我的兄弟！"托尔斯泰扑到院长怀里痛哭失声……

　　"为什么要按照上帝的要求去生活呢？因为若不这样，最终归于死亡的生命就毫无意义。"

银子

都散了吧，屋檐下的海已结冰

空气中到处是废墟的味道

阿克梅的早晨不会再来临

都散了吧，银器被送进当铺里

"流浪狗"的顾客们正在筹备死期

无名的死者踏响了后楼梯

都散了吧，地理课在加深流亡的边界

鸟儿们在政治的季候里四处迁徙

邻居们的闲话如鸽粪在堆积

都散了吧，回去的道路像死者的围巾

政治之美是我们唯一的教育。必须在死亡中

重新学习活了，真好，死亡还很年轻。

见证

她自私。

她生活无能。

她只会煮土豆。

她是个腼腆的皇后。

她对男人和女人有双重的性欲。

当她还是个少女时，她就拥有完美的性爱了。

她无助。

她失去丈夫。

她失去另一个丈夫。

她就要失去唯一的儿子了。

她开始乞怜于当局，并在监狱门口守候。

当她打开裹着鱼的报纸时，才知道已被时代开除。

她庄严。

她灰发披肩。

她沙哑地朗诵诗篇。

她向远道而来的客人示爱。

她会讲几种不同的死者的语言。

她承认自己曾经很自私，很孤独。

但那又怎样，当她最终将情爱转换成悼亡：

"你能描述今天这个场面吗？""是的，我可以。"

名声

　　"您知道吗？一个月后，您将是地球上最有名的人。"

　　"我知道，但这不会长久。"

　　"您能承受得住名誉吗？"

　　"我的神经很正常，我经受过斯大林的集中营。"

　　"帕斯捷尔纳克没能承受得住名誉。承受名誉，特别是迟

　　　来的名誉，这很困难。"

　　　　　　　　——阿赫玛托娃与索尔仁尼琴的对话

冬季还没走远，风在门缝里舔着火舌

下雪的日子里，记忆是常客

灰发的大师为远来的客人编织肖像

死了这么久，我们的肖像早已破碎

迟来的冠冕却诞生于隐秘的传记

多奇怪，这坏名声仍在四处传扬

壁炉里的火光幻化着一张张死者的脸

小球果在火中炸响，声音里全是速朽的

味道。灰烬是果实，却不能激发爱。

做一个著名的死者——这就是你想要的

结果吗？让热爱影子的人去学习不朽吧

还是哭声更加动听，还是遗忘更加幸运。

叶拉布加

这紊乱的呼告，献给在中亚细亚的沙砾中

赤足哭泣的哀怨美人——玛丽娜，请从那

发疯的马背上，从社论的牢房里，从疯子们

的客厅，从政治的厨房，从飘满落叶的救济站

从在房梁上跳动的绳结里重新归来吧……

"我要一决雌雄把你带走，你要屏住呼吸"①。

拉拉，途中的爱

拉拉，让我在一个颤音上再次呼唤你
从前这声音里有色情，如今全是歉意
当天空的自行车载来身披云朵的你
我的体内在下雨，镜中人为我们撑伞
我知道这雨滴来自你，是你，让记忆
变得泥泞不堪。我们相遇于前世错失
又错失在现世的偶遇。人生就是一场
乱局，爱在纷乱的错失中被死神抱去
但我们这场途中的爱过于眩目，就像
被车灯照亮的人生，眩晕如脱光的性
我们都忘记了车灯后的黑暗，忘记了
那雨中的驾车人随时可以将车灯关闭
拉拉，我说我爱你，我说这话的时候
冬妮娅在哭泣。当那哭声变甜的时候
车灯也就将关闭，爱的错失如雪线般
移至我们的额头——承认吧，我们都
老了，不但回不去了，而且没有前程。

恐惧

一串脚步声在纸页上步步逼近
北风将门窗钉死，大街一副蠢相

胆小的鼠带领着羊群过街
狼群肥胖如北方的大娘

空空的剧场里坐满了死者
静静观看舞台上的无人剧

人声里只有压抑不住的咳嗽
这死寂，被诱惑与被恐吓的

无人，也便挤满了鬼魂……

流亡者的旅行箱

一只破皮箱，铆钉锃亮
静静地立在鹅卵石地上

乌云消散了，大海被刮到了天上

一阵仓皇的飞行之后，空气中

仍有稀薄的纸片，像判决书

飘落在箱盖上。他有些茫然。

想着被祖国踢出来的一夜

仿佛又回到了流放地的村庄

劈上几片木柴，从井里打点水

在烛光下与那些西方的大师倾谈

雪片刮过椴树林，一首诗加深了

母腹的黑暗，再黑一点，也就

有了重生的希望，一旦拎起箱子

就像被春天开除的小学生

嘈杂的校园瞬间变得空空荡荡

"现在你是自由的了，"旅行箱说

"我就是你终生的祖国和房子。"

他拎起满箱浓缩的黑，说不清

是什么样的期待在他的内心里

怎样的惊恐在未来的路途上，从此

自由的边界大不过一只旅行箱。

II

忏悔者必须将自己推倒重来

有时夜里醒来，你会静静地想一想
那梦中出现的场景，与曾经历过的一切
到底有多少不同。同样的热血，同样的
激昂，同样用三根梁木抵住的思想，风一吹
就有一种鬼哭的交响。那个被割掉
乳头的少女，那个被湖水吞没的男人
还有那些用粪水盛情招待的校长
那些舞在天堂的手在向你召唤
你感觉到了冷，想象这场与亡灵的
摧折，胜算到底有多大。别担心，死亡
只是一道界碑，审判只会发生在内心
一切都还来得及。天若有情，念你
昔年胸有梁木，也许会赐你一道
丰盛的晚餐。而今你老了，一个
武装过的身体终将难以自守

忏悔吧！老东西！
看得见死亡的人，才能得永生。

有多少少女……

我躬身在舞台的一角，看着这道
青春的逆流，涌动在巨大的旗帜下
一束逆袭的光，将一株海棠照亮
一个女孩，绿军装里透着内衣的蓝——

啪！

她才十五岁吧，小辫刚刚扎起
刘海上还长着绒毛，小嘴嘟着
小脸绯红，宽皮带扎着小蛮腰
托起两只正在发育的小乳房——

啪！

她是个好孩子吧，学校的
好学生，父母的掌中宝

如今她是嫉恶如仇的红天使

她是我前世的小冤家——

啪!

如果我的女儿还活着，也该有她

这么大了吧，我记得我被赶出家门时

她就躲在墙角看着我离去，雨水

打湿了塑料凉鞋里的白袜子——

啪!

她的两鬓已微微出汗，她的手臂已开始

发麻，如果再不见血，她可能就打算

放弃了吧，我感觉我的头皮就要炸裂

我感觉我的眼前红成一片——

啪!

哀悼吧，好孩子，带上你和你的小伙伴

你看这世间的坏蛋终于被你们清除干净

海棠如雨，落在我的额头、眼眶和嘴唇上
也有一瓣，飘落在你秀美的肩胛——

啪！

现在，让我来试着描述一下你的后半生：
乡村公路上背绿书包的办事员 （曾被领导骚扰）
城市马路边摆小摊的下岗女工 （又被城管欺负）
公园长椅上臃肿而慈祥的外婆 （终被亡灵惦记）。

恐怖的邻居

那是一个什么样的人，那是一对怎样的夫妻。
我们被抛进相邻的笼子，命运之中纯属偶然。

见面总是客客气气，"吃了吗?""吃了。"
过节互相问个平安，"过年好。""好您啦。"

我们的床头对着头，我们的桌椅排并排。
低头不见抬头见，中间是一道集体主义的墙。

我打鼾的时候，他说梦话；他做爱的时候，我正脱衣。
从上帝的角度看，就像两对赤裸的婴儿抵足而眠。

我煮羊头的时候，他在炖狗肉，生活半斤八两。
他副科级的时候，我正要离去，道路各走一边。

我在卫生间唱歌，他一拉水箱，歌声立马停了。
他在隔壁俯首帖耳，我一敲墙，震聋了一只耳朵。

他说话总是闪烁其词，他眼神有些躲躲闪闪。
他猫眼儿微启，以便观察我家又来了什么人。

缘分哪缘分，俗话说远亲不如近邻。有一天
我见他深夜出行，身后拖着一条黑暗的尾巴。

2013年7月12日

---

① 引自茨维塔耶娃诗句。

图书在版编目（CIP）数据

感情用事 / 朵渔著. — 2版. — 成都：四川文艺
出版社，2019.4
ISBN 978-7-5411-5296-2

Ⅰ. ①感… Ⅱ. ①朵… Ⅲ. ①诗集—中国—当代
Ⅳ. ①I227

中国版本图书馆CIP数据核字（2019）第038626号

GANQING YONGSHI

感情用事

朵渔　著

责任编辑　　余　岚　奉学勤
封面设计　　鸿儒文轩·书心瞬意
内文设计　　史小燕
责任校对　　王　冉

出版发行　　四川文艺出版社（成都市槐树街2号）
网　　址　　www.scwys.com
电　　话　　028-86259285（发行部）　　028-86259303（编辑部）
传　　真　　028-86259306

邮购地址　　成都市槐树街2号四川文艺出版社邮购部　　610031
印　　刷　　三河市华东印刷有限公司
成品尺寸　　142mm×210mm　　　　开　　本　32开
印　　张　　10.25　　　　　　　　字　　数　210千
版　　次　　2019年4月第二版　　　印　　次　2021年4月第三次印刷
书　　号　　ISBN 978-7-5411-5296-2
定　　价　　48.00元